WOLFGANG HOHLBEIN

Die Saga von Garth und Torian

Die Stadt der schwarzen Krieger
Die Tochter des Magiers
Die Katakomben der letzten Nacht
Die Straße der Ungeheuer
Die Arena des Todes
Der Tempel der verbotenen Träume

Ungekürzte und genehmigte Lizenzausgabe für den Tosa Verlag, Wien

Umschlag von HP-Graph unter Verwendung einer Illustration von Christian Mogg
Karte und Illustrationen von Christian Mogg

Gesamtherstellung: Der Graph, Wien
Printed in Italy

WOLFGANG HOHLBEIN
Dieter Winkler

Die Tochter des Magiers

tosa
Fantasy

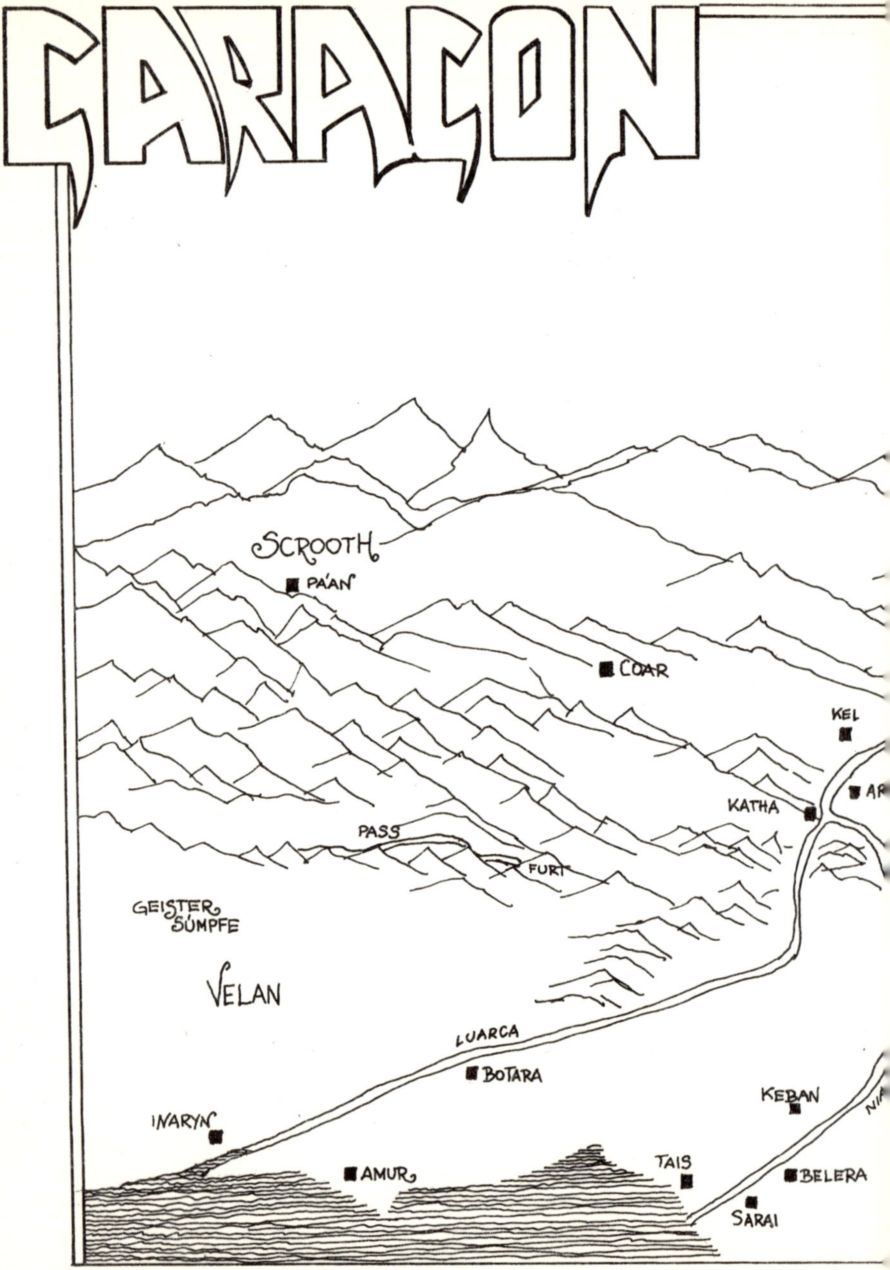
CARACON
SCROOTH
PA'AN
COAR
KEL
KATHA
PASS
FURT
GEISTER SÜMPFE
VELAN
LUARCA
BOTARA
KEBAN
INARYN
AMUR
TAIS
BELERA
SARAI

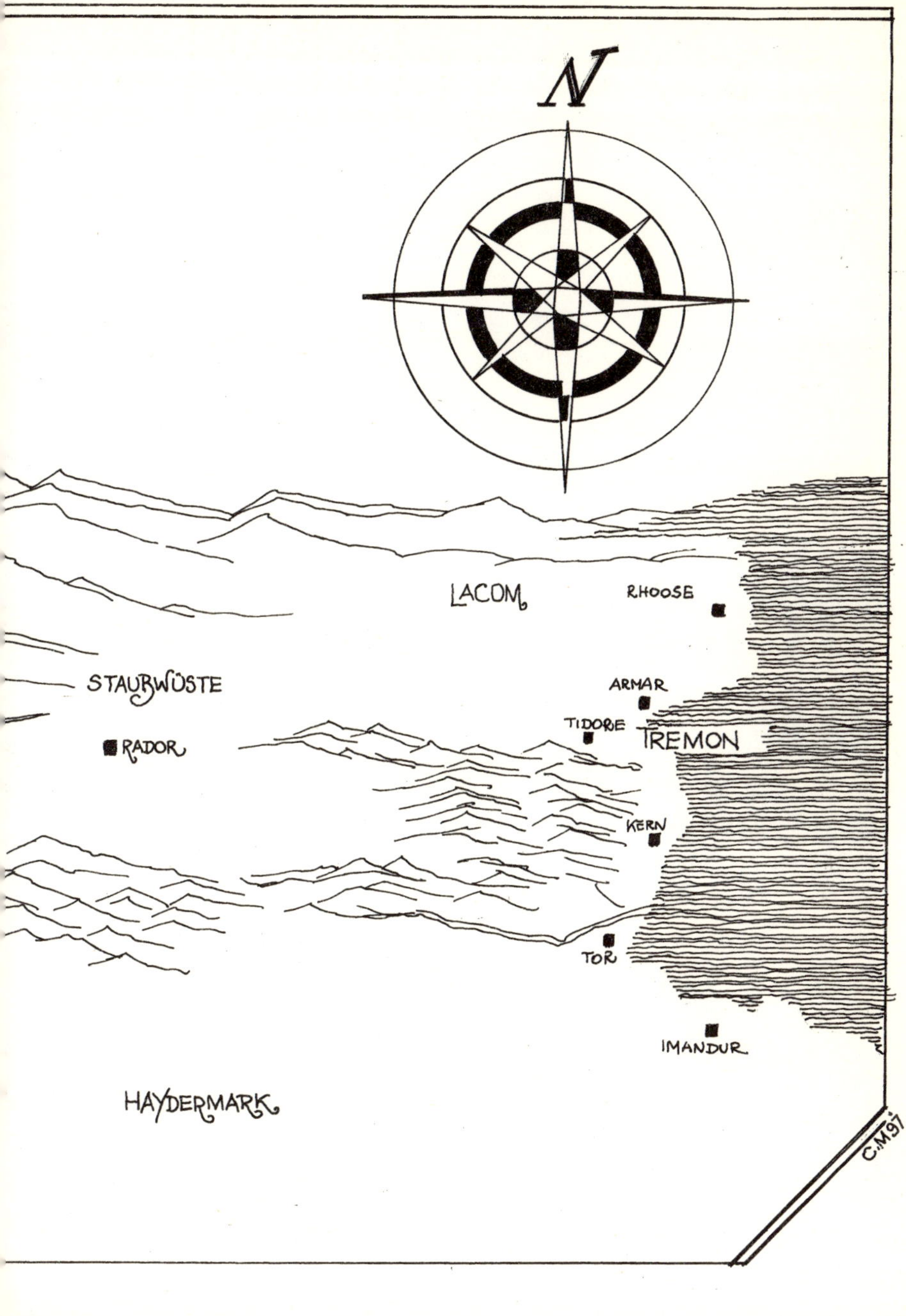
N
LACOM
RHOOSE
STAURWÜSTE
ARMAR
TIDORE
TREMON
RADOR
KERN
TOR
IMANDUR
HAYDERMARK
C.M97

Die Tochter des Magiers

Torian hatte Durst. Er würde sterben, wenn er nicht bald Wasser bekam, ebenso wie sein Begleiter, der wie er mehr auf dem Rücken seines Pferdes hing, als er saß, weit nach vorne gesunken, mit baumelnden Armen. Zwei Männer am Ende ihrer Kräfte, auf Tieren, die kaum weniger erschöpft waren als ihre Reiter. Es war heiß, noch immer. Vor drei Stunden war die Sonne als lodernder Feuerball hinter dem Horizont versunken, aber Torian kam es vor, als wäre es mit der Dämmerung eher heißer geworden. Der Nachthimmel spannte sich wie ein samtblaues Tuch über den östlichen Ausläufern der Staubwüste im Herzen Caracons, ein Baldachin aus Schwärze, von dem sich die Sterne als winzige, glänzende Punkte abhoben; aber die Luft flimmerte immer noch vor Hitze, und der Wind, den die Dämmerung mitgebracht hatte, brachte kaum Linderung, sondern war wie die Berührung einer unangenehmen warmen Hand, und er roch nach Staub und Wärme und ausgeglühtem Stein. Ja, dachte Torian mit einer Kälte und Teilnahmslosigkeit, die ihn selbst fast erschreckte, sie würden beide sterben, wenn sie in dieser Nacht kein Wasser fanden. Vielleicht schon eher, denn ihr Leben war unlösbar mit dem der beiden Pferde verknüpft. Brach eines der Tiere unter der Last seines Reiters zusammen, war dies das Todesurteil für beide. Die Staubwüste zu Pferde zu durchqueren, war lebensgefährlich. Sie zu Fuß durchqueren zu wollen, war unmöglich.

Torian blickte aus brennenden Augen zu Garth hinüber. Er lächelte, obwohl seine Lippen dabei schmerzten und er im ersten Moment selbst nicht wußte, warum er es überhaupt tat. Obgleich Garth – wie er selbst – einen bemitleidenswerten Anblick bot, wirkte er doch gleichzeitig fast lächerlich: Die Männer trugen Helme und schwarze Kettenhemden, die Hosen verschwanden in den umgestülpten Schäften harter Lederstiefel. Um ihre Schultern lagen Umhänge, die trotz des festgebackenen Schmutzes noch prachtvoll wirkten. Aus Mangel an anderer Kleidung hatten sie ihre Uniformen nicht ablegen können, obwohl sie längst keine Krieger mehr waren. Der einzige Kampf, den sie noch fochten, war der Kampf ums nackte Überleben. *Gut,* dachte Torian spöttisch. *Wenn wir schon untergehen, dann wenigstens mit Würde.* Garth und er würden zwei prachtvolle Leichname abgeben, wenn sie irgendwann einmal gefunden würden.

Sein Pferd stolperte, kam aus dem Tritt, als Torian eine erschrockene und nicht sonderlich geschickte Bewegung machte, und knickte in den Vorderläufen ein. Er klammerte sich am Sattelknauf fest und riß so heftig an den Zügeln, daß die Trense schmerzhaft in das Maul des Tieres schnitt. Der Schmerz trieb es wieder hoch. Mit einem schrillen Kreischen warf das Tier den Kopf in den Nacken, versuchte auszubrechen und kam mit zitternden Flanken zum Stehen, als Torian noch einmal und jetzt mit aller Gewalt am Zügel riß.

Torian seufzte, teils vor Erleichterung, teils aber auch, weil ihm der kleine Zwischenfall deutlicher als alles zeigte, *wie* erschöpft er wirklich war. Er mußte achtgeben, sich nicht aus lauter Müdigkeit selbst umzubringen. Er strich sich eine Strähne seines schwarzen, sandverklebten Haares aus der Stirn, wischte sich den Staub aus den Augen, dann beugte er sich im Sattel vor und tätschelte den Hals des Pferdes. Das strähnige Fell war schweißverklebt, und er konnte spüren, wie schnell und ungleichmäßig der Atem des Tieres ging. »Schon gut, Junge«, murmelte er. »Tut mir leid.«

Das Sprechen bereitete ihm Mühe. Sein Rachen schmerzte. Es war mehr als eine Stunde vergangen, seit er das letzte Wasser aus dem Schlauch getrunken hatte; ein paar Tropfen nur, kaum genug, seine rissigen Lippen damit zu befeuchten. Die einzige Flüssigkeit, die danach noch seinen Mund erreicht hatte, war sein eigenes Blut, das aus den gerissenen Lippen tropfte. Seine Zunge lag wie ein tauber Fremdkörper aus Pelz und schlechtem Geschmack in seinem Mund. Selbst das Atmen tat ihm jetzt schon weh. *Nun ja,* dachte er spöttisch. *Nicht mehr sehr lange, und die Schmerzen sind vorbei. So oder so.*

Mühsam richtete er sich wieder auf und wandte den Kopf zum Himmel, wo der Mond wie ein großes, kaltes Auge hing. Die Nacht war immer noch völlig sternenklar, nirgendwo zeigte sich auch nur der Schatten einer Wolke. Vor drei Stunden, als der Wind aufkam, hatte er sich für einen Augenblick in die Hoffnung verstiegen, er würde Regen bringen. Aber natürlich tat er es nicht – was hatte er erwartet? In dieser Wüste hatte es seit fünfhundert Jahren nicht mehr geregnet, vielleicht auch seit fünftausend. Was brachte ihn auf die Idee, daß sich daran ausgerechnet jetzt etwas ändern sollte?

Vielleicht hatte er es auch gar nicht wirklich gehofft, sondern sich einfach nur an den Gedanken geklammert, um noch einmal Kraftreserven zu mobilisieren, über die er längst nicht mehr verfügte. Rador hatte ihnen mehr gestohlen als einen Tag.

»Schon gut«, murmelte er noch einmal und trieb sein Pferd mit sanftem Schenkeldruck an. Das Tier antwortete mit einem unwilligen Schnauben, setzte sich aber gehorsam in Bewegung. Er lenkte es hinter Garth her, der gleichgültig weitergeritten war. Wahrscheinlich hatte der hünenhafte Dieb nicht einmal bemerkt, was passiert war.

Seine eigenen Worte klangen wie Hohn in Torians Ohren. Nichts war *gut,* absolut *gar nichts.* Sie hatten den Kampf gegen die Wüste verloren und waren im Grunde schon längst tot. Sie hatten es nur noch nicht gemerkt. Trotz und ein angeborener Instinkt hielten sie noch am Leben; ein haßerfüllter Trotz gegen das Schicksal, das so grausam gewesen war, sie der teuflischen Falle des Magiers in der Ruinenstadt Rador nur deshalb entkommen zu lassen, damit sie hier einen viel langsameren und qualvolleren Tod fanden.

Dabei hatte es eine Weile wirklich so ausgesehen, als hätten sie es geschafft. Nach ihrer Flucht aus Rador war es ihnen gelungen, einige Proviantlager des tremonischen Heeres zu finden, dem Garth angehört hatte: Nahrung, Wasser im Überfluß und sogar Gold, von dem sie einen erklecklichen Vorrat mitgenommen hatten. Aber dann waren sie mitten in der Wüste vom Weg abgekommen, und trotz strenger Rationierung waren ihre Vorräte bald aufgebraucht gewesen. Außerdem hatte Torian etwas gelernt, was er zwar gewußt hatte, was ihm aber niemals so klargeworden war wie heute: daß man Gold nicht essen konnte. Und noch weniger trinken...

Er holte rasch zu Garth auf. Wenn der Dieb überhaupt gemerkt hatte, daß er zurückgefallen war, so ließ er es sich zumindest nicht anmerken. Schweigend ritten sie weiter nebeneinander her. Jedes Wort wäre nur eine unnötige Kraftverschwendung gewesen. Sie waren längst über den Moment hinaus, wo sie sich mit Worten trösten und gegenseitig Mut zusprechen konnten.

Immer häufiger ertappte sich Torian dabei, daß seine Hand zum Sattelgurt glitt, und zum Wasserschlauch, aus dem er vor Stundenfrist den letzten Tropfen getrunken hatte. Eine Geschichte fiel ihm ein, die er einmal gelesen hatte: die Geschichte von zwei Männern gleich ihnen, die halbtot vor Durst durch die Wüste geirrt waren. Schließlich hatten sie ihre Pferde getötet und deren Blut getrunken, und das hatte sie gerettet. Aber natürlich war das Unsinn.

Die Landschaft war im Lauf der letzten Stunden hügeliger geworden. Unter den Hufen ihrer Pferde raschelten trockene Flechten, wo am Tage noch nichts außer Sand und Felsen gewesen war, und gelegentlich erhob sich ein verdorrtes Grasbüschel aus dem Sand. Zeichen, daß sie sich den Bergen näherten, die die Wüste im Osten begrenzten, und die doch noch viel zu weit entfernt waren, als daß sie es bis dorthin schaffen könnten. Torian verscheuchte auch diesen Gedanken, schloß für einen Moment die Augen und versuchte, an etwas Angenehmes zu denken. Aber alles, was er sah, war Sand.

Plötzlich stieß Garth einen krächzenden Laut aus und packte seinen Arm. Müde hob Torian den Kopf und öffnete die Augen.

Im selben Moment wußte er, daß er nun endgültig den Verstand verloren hatte.

Sie hatten die Kuppe eines Hügels erreicht, aber auf der anderen

Seite war keine Wüste mehr. Vor ihnen erstreckte sich ein flaches Tal, an dessen sanft abfallenden Hängen sich das braun verbrannte Gras erst gelb und dann sogar schwach grünlich färbte. Zwischen den Gräsern schlängelte sich am Grund des Tals ein Bach hindurch, der im Mondlicht wie ein Band aus Silber glitzerte.

Eine Vision, dachte er. Es konnte nur eine Vision sein, geschickt von den zornigen Göttern, die sich gegen sie verschworen hatten. Es war unmöglich!

Aber wenn es eine Halluzination war – woran kein Zweifel bestand –, so war sie verdammt realistisch. Er konnte das Wasser sogar riechen.

»Wasser!« krächzte Garth ungläubig. »Da unten... ist Wasser!« Er keuchte, sah Torian einen Moment aus weiten Augen an – und trieb seinem Pferd mit einem Schrei die Fersen in die Seite. Das Tier kreischte vor Schmerz und stürmte los.

Torian starrte ihm nach. Er konnte das Plätschern des Baches von Sekunde zu Sekunde deutlicher hören. Ein Windstoß trug den köstlichen Geruch des Wassers an seine Nase, und irgendwo in der Dunkelheit vor ihnen schrie ein Nachtvogel – was alles nichts an seiner felsenfesten Überzeugung änderte, daß sich das Trugbild in Sand und Staub auflösen würde, sobald er sich ihm zu nähern versuchte. Vielleicht auch nicht – möglicherweise war der Regisseur dieser bösen Komödie grausam genug, es lange genug aufrechtzuerhalten, bis er sich nach dem vermeintlichen Wasser bückte und nichts als einen Mundvoll Dreck bekam, an dem er ersticken würde...

Das Pferd begann zu schnauben und unruhig zu tänzeln. Obwohl er die Zügel fest angezogen hielt, konnte er es kaum mehr halten. Offensichtlich war die Halluzination von jener besonders unangenehmen Art, die auch Tiere täuschte. Das Pferd war so durstig wie er und mußte halb von Sinnen sein, jetzt, wo es das Wasser witterte.

Torian gab auf. Mit einem resignierenden Seufzer ließ er die Zügel fahren, verwandte sein letztes bißchen Kraft darauf, nicht aus dem Sattel geworfen zu werden, als das Tier losstürmte, und blickte aus brennenden Augen zu Garth hinüber, der bereits an dem eingebildeten Bach niedergekniet war und sich tatsächlich einbildete zu trinken.

Und wenige Augenblicke später tat es ihm Torian gleich. Es war ihm jetzt vollkommen egal, ob der Bach eingebildet war oder nicht. Möglicherweise war es wirklich eine Fata Morgana.

Aber wenn, dann schmeckte sie köstlich.

»Ich kann es immer noch nicht fassen«, brummte Garth kopfschüttelnd. »Wir haben es geschafft, wir haben es wirklich geschafft.« Es war ungefähr das vierzigste Mal innerhalb der letzten zehn Minuten, daß er das sagte, und Torian antwortete gar nicht mehr – obwohl er Garth' Worte zumindest zu einer Hälfte teilte –, auch er konnte es nicht fassen, daß sie im buchstäblich letzten Moment gerettet worden sein sollten.

Was die andere Hälfte von Garth' monotoner Bemerkung anging, so war er da völlig anderer Meinung – er war ganz und gar nicht sicher, daß sie es *geschafft* hatten; was immer er damit auch meinen mochte.

Er stand auf, warf Garth einen halb aufmunternden, halb ärgerlichen Blick zu und entfernte sich ein paar Schritte vom Ufer des Baches. In seinem Mund war ein widerwärtiger Geschmack, denn das Wasser war nicht ganz so köstlich gewesen, wie er im ersten Moment geglaubt hatte – genauer gesagt, es war schal, warm und schmutzig, und es schmeckte verdächtig nach einem Dutzend Pferde, die vielleicht nicht nur den Staub aus ihren Mähnen hineingeschüttelt hatten.

Trotzdem hatte es ihnen das Leben gerettet, ganz eindeutig.

Torian schalt sich in Gedanken einen Narren. Warum konnte er nicht einfach dasselbe tun wie Garth und sich schlicht mit der Tatsache abfinden, daß sie einmal Glück gehabt hatten, dachte er. Fast eine Stunde war vergangen, seit sie auf den Bach gestoßen waren, und sie waren bisher weder überfallen noch vergiftet oder verzaubert oder ermordet worden. Vielleicht sah er einfach Gespenster, dachte er.

Und trotzdem... etwas stimmte hier nicht.

Sie rasteten noch immer an der Uferböschung und lauschten dem leisen Murmeln des Baches, und jetzt, da er wieder einigermaßen klar denken konnte, erkannte Torian das breite, tief in den Boden gegrabene Bett, das verriet, daß dieses Rinnsal nur das kärgliche Überbleibsel eines ursprünglich wesentlich mächtigeren Flusses war und im Laufe der nächsten Tage wahrscheinlich ebenfalls versickern und eintrocknen würde. Sie hatten sich ein wenig erholt und neue Kraft schöpfen können, aber bei weitem nicht genug, um weiterzureiten. Torian hätte es nicht einmal getan, wenn er die Kraft dazu gehabt hätte. Etwas – vielleicht das Tier in ihm, das sein Leben lang gejagt worden war – spürte die Falle, in die sie liefen. Er hatte das gleiche Gefühl schon einmal gehabt, vor wenigen Tagen erst, und schon einmal in ähnlich intensiver Form, und hatte nicht darauf gehört. Das Ergebnis war Rador gewesen.

Torian verscheuchte auch diesen Gedanken, drehte sich um und ging langsam zu Garth zurück. Die Hand saß zusammengekauert am Ufer, ließ die nackten Füße ins Wasser baumeln – wodurch sie allerdings eher noch schmutziger wurden – und sah ihm erwartungsvoll entgegen.

»Sag jetzt bitte nicht wieder: *Wir haben es geschafft!*« fauchte Torian, noch ehe Garth überhaupt den Mund aufmachen konnte. Sein grober Ton tat ihm fast sofort wieder leid – aber zum Teufel, er war gereizt, und er hatte Grund dazu.

Er wußte bloß nicht, welchen.

Garth blinzelte irritiert. Aber dann schien er zu dem Schluß zu kommen, daß es sich nicht lohnte, mit ihm zu streiten. »Was tun wir?« fragte er einfach.

Torian zuckte mit den Achseln, rupfte einige Grashalme aus und kaute darauf herum; nicht um seinen Hunger zu stillen, sondern einzig, um seine Hände zu beschäftigen und den ekligen Geschmack loszuwerden, den das Wasser auf seiner Zunge zurückgelassen hatte. Das Denken fiel ihm schwer. Schließlich deutete er auf den Bach.

»Das Wasser fließt nach Norden – die Richtung, in die wir wollten, oder? Folgen wir dem Fluß.«

Garth überlegte eine Weile und nickte dann schwerfällig. Wie Torian mußte er sich der Tatsache bewußt sein, daß das Eis, auf dem sie sich bewegten, äußerst dünn war – wer garantierte ihnen, daß der Bach nicht jäh seine Richtung änderte oder nach ein paar hundert Schritten im Sand versickerte?

Aber welche Wahl hatten sie schon?

»Du hast recht«, sagte er schließlich. »Außerdem – das Wasser lockt bestimmt Tiere an, wenn es hier überhaupt welche gibt. Irgendwann wird uns ein saftiger Braten über den Weg laufen. Das ist besser, als wenn wir uns durch die Dörfer schlagen. Die tremonischen Kriegshäscher sind immer noch unterwegs, und ich habe keine Lust, mich schon wieder in eine Uniform stecken zu lassen.«

Torian verzichtete darauf, zu antworten. Die einzige *Uniform*, in die man sie stecken würde, wenn die Tremonen ihrer habhaft wurden, war eine zwei Meter lange Holzkiste; mit etwas Glück. Möglicherweise würden sie auch an die Hunde verfüttert.

»Versuchen wir es.« Torian wandte sich um. Es fiel ihm mit jeder Minute schwerer, klar zu denken. Was war nur mit ihm los?

Mißtrauisch sah er auf das Wasser. Aber er verwarf den Gedanken so rasch wieder, wie er ihm gekommen war. Wäre das Wasser vergiftet gewesen, hätte auch Garth es merken müssen. Der Dieb hatte an die fünfhundert Liter davon in sich hineingeschlürft. Mindestens.

Als er nach dem Sattelhorn greifen wollte, wurde ihm schwindlig. Das Blut pochte in seinen Schläfen, und für einen kurzen Moment drehte sich der Himmel über ihm.

Torian stöhnte leise. Mühsam gelang es ihm, die schwarzen Schleier vor seinen Augen fortzublinzeln und das Gleichgewicht zu halten. Alles in ihm schrie nach einer längeren Pause, oder wenigstens einer Stunde Schlaf, doch…

Aber verdammt, hatte er nicht gerade selbst gedacht, daß sie unmöglich sofort weiterreiten konnten, ja, daß er es nicht einmal wollte? Und jetzt…

Irgend etwas fuhr durch seinen Kopf und fegte den Gedanken fort. Er durfte dem Verlangen nicht nachgeben. Die Hälfte der Nacht war bereits verstrichen, und schon wenige Minuten nach Anbruch des Tages würde es so heiß werden, daß sie nicht weiterreiten konnten. Sie durften nicht länger warten. Und entweder in dieser oder spätestens der nächsten Nacht mußten sie auf Wild stoßen, sonst würde der Hunger vollenden, was dem Durst nicht gelungen war. Und er spürte noch diese sonderbare Unruhe, die ihn schon vor einigen Minuten überfallen hatte. *Etwas stimmte nicht.* Er wußte nicht, was es war, und er konnte auch nicht mit Garth darüber reden. Aber das Gefühl war da, eine schwache, aber zunehmende Ahnung von Gefahr, wie ein übler Geruch, der die Luft verpestete.

Er sah aus den Augenwinkeln, daß Garth ihn besorgt musterte, und griff abermals nach dem Sattel. Das Pferd schnaubte und scharrte unruhig mit den Hufen. Seine Ohren bewegten sich nervös. Torian wußte nicht, ob es ebenfalls dieses *Etwas* spürte oder nur seinen Unwillen über den frühen Aufbruch zeigte. Er streichelte sein Pferd flüchtig und stieg auf. Diesmal ging es.

Garth beobachtete ihn stirnrunzelnd und folgte ihm etwas langsamer. Er legte die Hand auf den Sattelknauf, ließ sie aber dann wieder sinken und blickte Torian mit einem Ausdruck an, von dem er nicht wußte, ob es Mißtrauen oder wirkliche Sorge war.

»Was ist los mit dir?«

»Nichts«, knurrte Torian. Er versuchte vergeblich, einfach nur ungeduldig zu klingen. »Ich habe Hunger und möchte möglichst schnell das nächste Gasthaus erreichen, das ist alles«, antwortete er ironisch.

Garth reagierte nur mit einem Hochziehen der Augenbrauen. »Du weißt genau, was ich meine«, sagte er mit einer Ruhe, die Torian fast noch wütender machte. »Wenn wir den Pferden noch etwas

Ruhe gönnen, kommen wir anschließend viel schneller voran. Und uns würde eine halbe Stunde Ruhe auch guttun. Warum diese plötzliche Eile?«

Torian wußte, daß der Dieb recht hatte, und – was viel schlimmer war – er erkannte auch, daß Garth sich nicht mit einer fadenscheinigen Ausrede zufriedengeben würde. Der Hüne hatte gemerkt daß etwas nicht stimmte, und seinem ernsten Gesicht zufolge war er entschlossen herauszufinden, was es war.

»Ich weiß nicht«, knurrte Torian. Er sah sich um. Alles war wie zuvor, und doch glaubte er die Gefahr oder was auch immer jetzt beinahe körperlich zu spüren. Wenn es wirklich eine Veränderung gab, so war sie nicht sichtbar. Die Schatten schienen dunkler und irgendwie *stofflicher* geworden zu sein, alle Konturen sahen schärfer aus, wie mit einem schwarzen harten Stift nachgezeichnet. Sein eigener Schatten und der seines Tieres waren … einfach falsch. Es waren keine Schatten, sondern schwarze Löcher in der Wirklichkeit. Etwas Namenloses, völlig *Fremdartiges,* das gerade unterhalb der Grenze des Sichtbaren lag, nahm inmitten der dräuenden Schatten Gestalt an.

Torian konnte es beinahe riechen.

Und es kam näher.

Aus den Augenwinkeln nahm Torian rasche, huschende Bewegungen wahr, die sich in nichts auflösten, sobald er genauer hinsah. Ein Raunen und Wispern wie von unhörbaren Stimmen lag wie eine letzte Warnung in der Luft. Er fühlte sich von bösartigen Augen angestarrt, Augen, die ihn aus den Ritzen der Wirklichkeit heraus anstarrten, hörte das Geräusch horniger schrecklicher Krallen, die …

Unsinn! dachte er wütend. Er war nur nervös, sonst nichts!

»Also?« hakte Garth nach, als er nicht weitersprach.

»Bitte, laß uns reiten«, sagte Torian. Er glaubte, einen süßlichen Geruch wahrzunehmen, wie den Gestank von Fäulnis und Moder und etwas anderem, das er nicht einordnen konnte. Etwas kam. Näherte sich. Schnell.

»Etwas... ist hier nicht, wie es sein sollte«, sagte er verstört. »Ich fühle etwas, aber...« Er brach ab und suchte nach Worten. »Es ist so ähnlich wie in Rador«, fügte er nach einer kurzen Pause hinzu. Am liebsten hätte er Garth gepackt und in den Sattel hochgerissen, gleichzeitig fühlte er sich wie gelähmt.

Aber zu seiner Überraschung reagierte Garth weder zornig noch mit Spott. Im Gegenteil – der Dieb schien nun auch etwas zu spüren. Ein neuer Ausdruck trat in sein Gesicht, eine Mischung aus Unverständnis und kaum verhohlenem Mißtrauen. Er sog hörbar die Luft ein und warf einen Blick in die Runde, dann nickte er und schwang sich in den Sattel.

Genauer gesagt – er versuchte es. Mitten in der Bewegung schien er für die Dauer eines Herzschlages zu erstarren. Er sprang auf den Boden zurück, fuhr herum und hob erschrocken die Fäuste. Gleichzeitig stieß sein Pferd ein schrilles, angsterfülltes Wiehern aus.

»Was ist?« fragte Torian alarmiert. Ganz automatisch senkte sich seine Hand auf das Schwert, das an seinem Gürtel hing.

»Ich...« Garth stockte, sah zu Torian auf und versuchte zu lächeln. Es mißlang kläglich. »Verrückt«, sagte er. »Für einen Moment war ich fast sicher, eine Berührung zu spüren. Etwas hat mein Bein gestreift, aber...«

Er führte den Satz nicht zu Ende, sondern sprang mit einer Behendigkeit in den Sattel, die man einem Mann seiner Statur kaum zugetraut hätte, und trieb sein Pferd an. Das Tier protestierte mit einem schrillen Wiehern gegen die grobe Behandlung, machte einen gewaltigen Satz nach vorne und preschte so schnell los, daß Torian kaum folgen konnte.

Hinter ihnen erklang ein peitschender Knall – ein Geräusch, dachte Torian entsetzt, als wäre etwas ungeheuer Mächtiges auf einen trockenen Ast getreten und hätte ihn zerbrochen. Torian widerstand der Versuchung, sich umzudrehen und nach dem zu schauen, was dieses entsetzliche Geräusch verursacht hatte – aber der Laut trieb sie zu noch größerer Eile an. Schweigend jagten sie nebeneinander her. Die Hufe ihrer Pferde ließen Wasser und kleine Erdbrokken aufspritzen. Die Angst hatte von den Tieren jetzt ebenfalls Besitz ergriffen. Ohne daß Torian oder Garth sie auch nur anzutreiben brauchten, galoppierten sie, als säße ihnen der Teufel im Nacken. Vielleicht, dachte Torian beklommen, vielleicht war dieser Gedanke nicht einmal allzu falsch.

Erst als sie mehr als eine Meile in kräftezehrendem Galopp zurückgelegt hatten, zügelte er sein Pferd wieder. Was auch immer er wahrgenommen hatte – oder wahrzunehmen *geglaubt* hatte –, war hinter ihnen zurückgeblieben. Wenigstens versuchte er sich das einzureden.

»Was... was war das?« keuchte Garth atemlos. Angst schwang in seiner Stimme mit. Er hatte die Anwesenheit des fremdartigen... *Etwas* erst viel später als Torian gespürt, aber dafür um so intensiver.

»Was ist mit deinem Bein?« fragte Torian, statt zu antworten. Mit sanftem Schenkeldruck lenkte er sein Pferd näher an das des Diebes heran, allerdings nicht, ohne sich mit einem raschen Blick davon zu überzeugen, daß sie *wirklich* allein waren.

Garth zog den Fuß aus dem Steigbügel und streckte das rechte Bein aus. Ein dunkler Fleck von Daumengröße hatte sich auf seinem Stiefel gebildet. Das Leder sah wie verbrannt aus, aber Torian sah noch etwas anderes, das er im dämmerigen Zwielicht nicht zu deuten vermochte. Es erinnerte an hellen, zähflüssigen Schleim und unterschied sich deutlich von dem getrockneten, viel dunkleren Schlamm, der an Garth' Stiefel klebte.

Auch Garth sah diesen sonderbaren Fleck und runzelte verwirrt – aber auch ein bißchen erschrocken – die Stirn. Er stieg aus dem Sattel, rupfte ein Büschel Gras aus und scheuerte damit über den Stiefel. Dann schleuderte er das Gras angewidert von sich.

Als er sich wieder zu Torian umwandte, war die Verwirrung in seinem Blick ein wenig mehr zu Schrecken geworden. Seine Stimme zitterte, obwohl er sich alle Mühe gab, sich zu beherrschen. »Was war das?« krächzte er. »Bei allen Göttern der Finsternis, Torian – wo sind wir hier hineingeraten?«

Wieder warf Torian erst einen Blick in die Richtung, aus der sie gekommen waren, bevor er antwortete. »Ich weiß es nicht«, sagte er gepreßt. Er sprach langsam und bemühte sich, soviel Ruhe wie möglich in seine Stimme zu legen, auch wenn er wußte, daß es ihm so wenig gelang wie Garth zuvor. Er konnte weder sich selbst noch Garth durch Worte beruhigen – ganz einfach, weil er nicht wußte, was ihm und dem Dieb solche Angst einflößte. »Vielleicht... das Wasser«, murmelte er. »Vielleicht war etwas im Wasser.«

Garth nickte grimmig. »Pferdepisse, ja.«

Torian lächelte, aber nur ganz kurz, dann wurde er wieder ernst. »Das werden wir wohl nie herausfinden«, sagte er. »Und ich will es auch gar nicht wissen«, fuhr er fort. »Die Hauptsache ist, daß wir es abgeschüttelt haben.«

»Haben wir das?« murmelte Garth. »Das war Zauberwerk. Was hast du gesehen? Sag mir, was hast du gesehen?«

»Nichts, ich habe...«

»Aber du hast als erster gewußt, daß es da war! Du mußt etwas gesehen haben, du...« Er brach ab, strich sich mit der Hand übers Gesicht und blickte zu Boden. Sein Wutausbruch und sein kindisches Gerede von Zauberei waren nichts anderes als ein Ausdruck seiner Hilflosigkeit. Jeder hatte eben *seine* Art, mit der Furcht fertig zu werden, dachte Torian.

Laut sagte er: »Es war nicht mehr als ein Gefühl.« Er lächelte aufmunternd, trat auf Garth zu und legte ihm die Hand auf die Schulter, eine Geste von Vertraulichkeit, die bisher zwischen ihnen undenkbar gewesen wäre. »Gesehen habe ich gar nichts. Vielleicht war es ein Tier, das sich im Boden eingegraben hat, vielleicht auch etwas anderes. Aber was auch immer es war, es ist nicht mehr da, und es wird uns kaum verfolgen. Trotzdem sollten wir sicherheitshalber weiterreiten.«

Seine Worte – und wohl noch viel mehr die Berührung – wirkten.

Langsam beruhigte sich Garth, aber der halb furchtsame, halb gehetzte Ausdruck wich nicht völlig aus seinem Gesicht. Wahrscheinlich würde er ihn noch lange mit sich herumtragen – und Torian vermutete, daß sich der gleiche Ausdruck auch in *sein* Gesicht gegraben hatte. Er wußte, daß es sich mit Sicherheit nicht um ein Tier gehandelt hatte, sondern um etwas gänzlich anderes, das zu erfassen sich sein Verstand auch jetzt noch weigerte. Er wurde etwas besser damit fertig als Garth; aber nicht viel. Vielleicht lag es daran, daß er selbst bis vor wenigen Tagen niemals *wirklich* an Magie geglaubt hatte – und es im Grunde selbst jetzt noch nicht tat. Was in Rador geschehen war, war unerklärlich und schrecklich gewesen, aber nicht alles Unerklärliche und Schreckliche mußte gleich *Zauberei* bedeuten.

Bei Garth war das anders. Er war in einer Umgebung aufgewachsen, in der die Angst vor finsteren Göttern und Dämonen tief in den Menschen verwurzelt war, und er würde diese Angst niemals ganz loswerden, so wenig wie Torian seine Skepsis.

»Es war Zauberwerk«, murmelte der Dieb noch einmal. Er spie aus, blickte sich ein weiteres Mal furchtsam um und kletterte umständlich wieder auf den Rücken seines Tieres.

»Vielleicht ein ... ein Andenken an Rador. Ich glaube, es war doch ein Fehler, mich zu dir zu gesellen.« Er lachte finster und etwas zu schrill, um darüber hinwegzutäuschen, daß die so scherzhaft klingende Bemerkung vielleicht ernster war, als ihm selbst bewußt wurde.

Wortlos gab Torian seinem Pferd die Sporen und preschte los, damit Garth nicht sah, wie betroffen seine Worte ihn gemacht hatten.

Meile um Meile folgten sie dem gewundenen Band des Baches, das ebenso willkürlich seine Richtung änderte wie auch sein Aussehen; es war einmal so breit und tief, daß es schon eher ein kleiner Fluß war, dann wieder ein jämmerliches Rinnsal, nicht einmal tief genug, den Pferden bis an die Fesseln zu reichen. Zwei- oder dreimal verschwand es ganz, tauchte aber jedesmal nach wenigen hundert Schritten wieder aus seinem unterirdischen Bett auf.

Sie hatten zweimal Rast gemacht, doch beide Male nur wenige Minuten lang, und beide Male waren sie froh gewesen, wieder auf ihre Pferde steigen und weiterreiten zu können. Keiner von ihnen hatte noch ein Wort über das geheimnisvolle *Etwas* verloren, das ihnen begegnet war, aber auch wenn sie es nicht zugaben, es war die nackte Angst, die sie vorwärtstrieb. Und es war nicht nur Garth, den die Erinnerung an die körperlose Schwärze und die brodelnden Schatten darin peinigte. Auch Torian gelang es nicht, das entsetzliche Bild zu vergessen. Er konnte sich für eine Weile ablenken, indem er sich auf die Umgebung konzentrierte und gegen seine Müdigkeit ankämpfte, doch das Bild saß wie ein Stachel in seiner Erinnerung, ein Stachel mit Widerhaken.

Keiner sprach mehr von einer Rast, auch nicht, als die Sonne wieder als glutroter Feuerball aufging und das Land erneut mit ihrer unbarmherzigen Hitze quälte. Sie ritten einfach weiter.

Torian war wieder über dem Hals seines Pferdes zusammengesunken, aber er wagte es nicht, die Augen länger als für ein paar Sekunden zu schließen. Gelegentlich wandte er müde den Kopf und blinzelte in die Richtung, aus der sie gekommen waren. Die Luft flimmerte und schien einen feinen Schleier um sie herum zu weben, durch den alles, was mehr als ein Dutzend Schritte von ihnen entfernt lag, nur noch verschwommen sichtbar war. Es war für Torian ein gewohntes Bild, aber in seinem momentanen Zustand steigerte es seine Angst noch. Er war am Ende, und nicht nur mit seinen körperlichen Kräften. Es war ihm unverständlich – was sie gesehen *(gesehen?)* hatten, war nicht einmal besonders schlimm gewesen, verglichen mit dem, was sie bereits gemeinsam hatten durchstehen müssen. Aber es hatte etwas in ihnen erschüttert. Es war, als hätte seine Seele Sprünge bekommen, durch die klebrige schwarze Fäden der Furcht sickerten, langsam, aber unaufhaltsam.

Ein Stück vor ihnen, vielleicht eine Viertelmeile entfernt, lag ein kleines, wie ein Dreieck geformtes Wäldchen, dessen Bäume kühlen Schatten versprachen. Die meisten Gewächse sahen krank aus;

dürre graue Äste, wie Krallen nach dem Himmel ausgestreckt, Blätter, die nur noch einen blassen Schimmer von Grün hatten... Der Wald hatte den Kampf gegen die Wüste längst verloren. In ein oder zwei Jahren, überlegte Torian matt, würden nur noch einige versteinerte Strünke von seinem Dasein künden, ehe auch sie unter einer Wanderdüne verschwanden.

Und doch konnte sie dieser Wald retten. Auch Garth hatte ihn gesehen. Er zügelte sein Pferd und schirmte die Hand mit den Augen ab. Sein Gesicht verzerrte sich zu einer Grimasse. Torian vermutete, daß die noch längst nicht verheilte Wunde an der Schulter des Diebes wieder aufgebrochen war. Garth' Augen glänzten fiebrig.

»Dieses Wäldchen«, murmelte er. Das Sprechen bereitete ihm Mühe, das sah und hörte man. »Ich kenne es. Unser Heer ist... daran vorbeigezogen. Eine... eine knappe Meile nördlich liegt ein Gehöft.«

»Bist du sicher?« Torian richtete sich mühsam im Sattel auf. Er dachte an ganz ähnliche Worte, die er gestern abend von Garth gehört hatte. Noch einmal würden sie nicht die Kraft haben zu fliehen. Ganz egal, wovor.

»Was glaubst du, wie viele solcher Wälder es hier gibt?« schnappte Garth. Er schüttelte den Kopf. »Ich war sicher, daß wir weiter südlich wären, aber ich erkenne ihn wieder. Wir haben damals einen Bogen um ihn gemacht, weil er so wenig einladend aussah.« Er legte den Kopf in den Nacken und begann krächzend zu lachen.

»Und was ist daran so lustig?«

»Das ist... das ist...« Garth rang mühsam nach Luft, als hätte ihn das Lachen über die Maßen erschöpft. »Willst du es wirklich wissen?«

Torian nickte. »Ja, verdammt«, sagte er wütend. »Ich habe keine Lust, irgendwelche Spielchen zu spielen. Was amüsiert dich so?«

»Es wird dir nicht gefallen«, sagte Garth. »Aber wie du willst. Wir sind die ganze Zeit kaum eine Meile von den Proviantlagern entfernt

gewesen. Sag mir, ist das ein guter Witz, oder ist das keiner?« Er lachte erneut, krümmte sich plötzlich im Sattel und preßte beide Hände gegen den Leib, schüttelte aber abwehrend den Kopf, als sich Torian zu ihm hinüberbeugen wollte.

Torian antwortete nicht. Er fand Garth' Humor nicht besonders komisch und auch nicht besonders passend. Die Vorstellung, daß sie vor Hunger und Durst fast umgekommen wären, obwohl kaum einen Steinwurf entfernt Nahrungsmittel für ein dreihundertköpfiges Heer lagerten, war so absurd, daß er sich weigerte, diesen Gedanken weiterzuverfolgen. Wortlos trieb er sein Pferd an und ritt auf das Wäldchen zu. Garth folgte ihm, immer noch stöhnend, und gleichzeitig wie von Sinnen in sich hineinglucksend.

Es wurde kaum kühler, als sie in den kranken Wald ritten. Der Boden war hart und verbrannt und trug keinerlei Vegetation, abgesehen von einigen dürren Büschen, die wirkten, als wären sie aus rostigem Draht geflochten. Die Baumkronen bildeten ein schattenspendendes Dach über ihren Köpfen, doch obwohl die Blätter die schlimmste Sonnenglut abhielten, milderten sie die Hitze kaum. Der klebrig-heiße Hauch war allgegenwärtig.

Schließlich zügelte Torian sein Pferd und wartete, bis Garth zu ihm aufgeschlossen hatte. »Dieses Gehöft«, fragte er, »was für Leute wohnen da?«

Garth zuckte mit den Achseln. Er sah Torian an, aber sein Blick blieb verschleiert. »Wir sind nur daran vorbeigezogen«, murmelte er. »Ein kleiner Hof; ein paar bestellte Felder und etwas Viehzeug. Nichts Besonderes, aber alles sah recht ordentlich aus.« Er lächelte matt. »Nichts, was sich zu stehlen lohnte.«

Torian ignorierte den letzten Satz. »Sind wir hier schon auf tremonischem Gebiet?«

Garth nickte und schüttelte gleich darauf den Kopf.

»Aha«, sagte Torian. »Sehr präzise.«

»Verdammt, ich weiß es nicht«, fauchte Garth. »So genau wurde die Grenze nie gezogen. Das ist ein karger Landstrich, und die wenigen Höfe werfen gerade genug zum Überleben ab. Es lohnt sich nicht einmal, hier Steuern einzutreiben. Meinst du, in Tidore hätte man nichts Besseres zu tun, als sich darum zu kümmern?«

»Ich will nur wissen, wie man uns empfängt. Immerhin tragen wir tremonische Uniformen.«

Garth machte eine wegwerfende Handbewegung. Sein Gesicht drückte aus, wie überflüssig ihm diese Fragen vorkamen.

»Wahrscheinlich werden sie sie nicht einmal erkennen«, sagte er unwillig. »Wir sind hier am Ende der Welt, vergiß das nicht. Es sollte mich wundern, wenn es sich schon bis hierher herumgesprochen hätte, daß Krieg herrscht.« Der Gedanke schien ihm wieder etwas Mut zu machen, denn sein Gesicht hellte sich auf. »Etwas Besseres kann uns überhaupt nicht passieren«, behauptete er. »Man wird uns nicht gerade begeistert empfangen, aber die Gesetze der Gastfreundschaft gelten auch hier. Los – komm. Ich glaube, ich kann unseren Mittagsbraten schon riechen.«

Er trieb sein Pferd an, aber das Tier war vollends am Ende seiner Kräfte. Es bewegte sich kaum schneller als zuvor, so daß Torian keine Mühe hatte, zu ihm aufzuschließen.

Mißtrauisch sah er sich weiter um, während er neben und ein kleines Stück hinter dem Dieb einherritt. Dieser Wald gefiel ihm nicht: er wirkte krank und irgendwie... *verdorben,* ohne daß er das Gefühl genauer in Worte fassen konnte. Die Stämme der weit auseinanderstehenden Bäume waren glatt und sahen hart aus, als wären sie schon längst versteinert, der Boden war geborsten wie zusammengebrannter Wüstensand, und nirgends regte sich eine Spur von Leben: kein Vogel, keine Tiere, nicht einmal ein Spinnennetz.

Vielleicht war er einfach nur zu mißtrauisch – aber nach all dem Pech, das sie in letzter Zeit gehabt hatten, fiel es ihm schwer, noch an einen Zufall zu glauben, der sie erst den Bach und jetzt auch noch das Gehöft hatte finden lassen.

Natürlich mußte jede Pechsträhne irgendwann zu Ende gehen, und ein bißchen Glück hatten sie sich sicherlich verdient – aber auch dieser Gedanke vermochte sein Mißtrauen nicht völlig zu besänftigen.

Garth hatte sich nicht geirrt. Es dauerte nicht lange, bis das Gehöft vor ihnen auftauchte.

Sie hielten an. Torian hob den Arm, um die Augen mit der Rechten zu beschatten, und spähte mißtrauisch auf die Ansammlung ärmlicher Scheunen und Ställe, die sich um das Hauptgebäude gruppierten. Alles war sehr schäbig, nicht besonders sauber und einige Nummern kleiner, als er erwartet hatte, selbst nach Garth' Worten, aber auch sehr friedlich und scheinbar von der Welt vergessen.

»Es ist kein Mensch zu sehen«, sagte Torian. Er spielte nervös mit den Zügeln. »Weder auf dem Hof noch auf den Feldern. Schlafen die alle, oder haben deine Leute ihnen vielleicht doch einen Besuch abgestattet, den du vergessen hast?«

Garth starrte ihn wütend an. »Es waren nicht *meine* Leute«, fauchte er. »Und was hier los ist, weiß ich so wenig wie du. Wahrscheinlich«, fügte er gehässig hinzu, »haben sie dich gesehen und verkriechen sich jetzt vor Angst.« Er schnaubte. »Jetzt hör schon auf, Gespenster zu sehen.«

»Mir gefällt das nicht«, erwiderte Torian stur, lenkte sein Pferd aber dennoch den Hügel hinab. Wahrscheinlich hatte Garth recht, und man hatte sie schon längst entdeckt. Und es war ohnehin zu spät zum Umkehren.

»Irgend etwas stimmt da nicht«, murmelte er. Erwartungsgemäß bekam er keine Antwort. Er legte die Hand auf den Schwertknauf, wagte aber nicht, die Waffe zu ziehen. Schließlich kamen sie als Gäste, und es machte nicht unbedingt den besten Eindruck, wenn sie mit dem Schwert in der Hand um eine Mahlzeit und eine Unterkunft baten.

Aber die Unruhe blieb, während sie sich dem Gut näherten. Torian kam das Gehöft seltsam *tot* vor, obwohl er gleichzeitig spürte, daß die Stille ringsum täuschte: Er fühlte sich aus zahllosen Augen angestarrt, und da war etwas Lauerndes... Aber nicht einmal, als sie ihre Pferde in der Mitte des Hofes zügelten und abstiegen, zeigte sich ein Mensch.

Garth bildete mit den Händen einen Trichter vor dem Mund. »Ist hier jemand?« schrie er.

Weder Torian noch er selbst hatten mit einer Antwort gerechnet, aber sie bekamen sie.

Allerdings auf andere Art als erwartet.

Ein Pfeil zischte heran und bohrte sich kaum eine Handbreit vor ihren Füßen in den Boden, wo er wippend steckenblieb.

Torian reagierte trotz seiner Erschöpfung mit der Schnelligkeit eines Mannes, dem das Kämpfen und Überleben zum Beruf geworden war. Der Pfeil war aus dem halboffenen Tor der Scheune zu seiner Rechten abgeschossen worden. Er fuhr herum, rannte los, überwand die letzten Schritte mit einem gewaltigen Hechtsprung und kam im toten Winkel dicht neben dem Tor wieder auf die Beine. Noch in derselben Bewegung zog er sein Schwert und wirbelte mit einem Schrei um den Torpfosten herum. Nach dem grellen Sonnenlicht draußen war er im ersten Moment fast blind, aber er erkannte seinen Gegner immerhin als verschwommenen Schatten, der gerade einen neuen Pfeil an die Sehne legte.

Der Mann war nicht schnell genug. Torian schmetterte ihm mit einem Tritt den Bogen aus der Hand, drehte sein Schwert herum und traf ihn mit dem Knauf an der Brust. Der Mann wurde zurückgeschleudert und stürzte mit einem Schmerzensschrei zu Boden.

Torian riß sein Schwert hoch und fuhr abermals herum, als er neben sich eine Bewegung wahrnahm. Metall blitzte. Irgend etwas traf seine hochgerissene Waffe, prallte davon ab und riß einen armlangen Splitter aus dem Türpfosten. Torian fluchte, sprang zurück – und stolperte über den Mann, den er gerade niedergeschlagen hatte.

Diesmal entkam er dem Tod nur um Haaresbreite. Ein Speer zischte auf ihn herab, hinterließ einen blutigen Kratzer in seiner Wange und fuhr eine Handbreit tief in den Boden, dann traf ein Stiefel seine Seite und trieb ihm die Luft aus den Lungen. Torian wälzte

sich herum, sprang in die Höhe und dann blindlings tiefer in die Scheune hinein. Ein weiteres Wurfgeschoß zischte dort durch die Luft, wo er gewesen wäre, hätte er sich nicht zur Seite geworfen.

Er fiel und prallte sehr schmerzhaft auf, aber der Satz verschaffte ihm auch die Sekundenbruchteile, die er brauchte. Mit einem gellenden Schrei sprang er wieder hoch, packte sein Schwert mit beiden Händen, wirbelte herum – und ließ die Waffe wieder sinken.

Angesichts des guten halben Dutzends metallener Pfeilspitzen, die auf ihn gerichtet waren, blieb ihm wohl kaum etwas anderes übrig.

Die Haltung der Männer verriet Torian, daß sie nicht schießen würden. Nicht, wenn er sie nicht dazu reizte. Sie waren zu sechst oder siebent, aber er spürte, daß sie mindestens ebensoviel Angst vor ihm hatten wie er vor ihnen, trotz ihrer Überzahl und ihrer Bögen, denen er mit seinem Schwert kaum Paroli bieten konnte. Aber sie waren keine Krieger. Sie hatten Angst vor ihm, und es gab keinen gefährlicheren Gegner als einen, der Angst hatte, denn sie machte ihn unberechenbar.

Sehr vorsichtig senkte er sein Schwert vollends und hob die Hände. Die Männer rührten sich nicht, aber auf dem einen oder anderen Gesicht machte sich so etwas wie vorsichtige Erleichterung breit, und die Pfeilspitzen deuteten jetzt nicht mehr *alle* auf sein Gesicht.

Torian nutzte die verstreichende Zeit, um die Männer genauer zu mustern. Es handelte sich hauptsächlich um junge, kräftige Burschen, deren Muskeln von der harten Arbeit auf den Feldern gestählt waren. Nicht alle waren mit Bögen bewaffnet, einer hielt ein rostiges Schwert, ein anderer auch nur einen Knüppel und ein dritter gar eine Mistgabel in Händen. Sie trugen einfache, verschlissene Kleidung. Der Mann mit dem Schwert starrte nur so vor Schmutz, und auch die anderen waren nicht unbedingt *sauber.* Ihre Gesichter waren nicht einmal unsympathisch, sondern von der schlichten Einfältigkeit der Menschen, die nie so etwas wie Bildung genossen hatten – sie allerdings auch nicht vermißten. Aber etwas an ihren Gesichtern störte Torian. Sie wirkten irgendwie unfertig, fast maskenhaft starr, und irgendwie... ausdruckslos, trotz der Furcht, die er in den Augen der Männer las.

Ihre Augen. Ja, das war es, was ihn besonders irritierte: die Augen. Sie sahen seltsam kalt und leblos aus, wie gläserne Murmeln, in die sogar das Gefühl hinein*gemalt* war. Und dieser unheimliche Blick war bei allen Männern gleich, selbst bei dem Burschen, den er niedergeschlagen hatte, und der sich nun mühsam wieder aufrappelte und in den Kreis der anderen einreihte. All diese Männer, dachte er schaudernd, wirkten, als hätte sie jemand *gemacht*.

Langsam, um niemanden durch eine unvorsichtige Bewegung zu provozieren, legte er sein Schwert vollends zu Boden. Er sah zur Tür und erkannte, daß auch Garth draußen von mehreren Männern umzingelt war.

»Wir kommen in Frieden«, sagte er. Er kam sich reichlich idiotisch dabei vor, fuhr aber trotzdem fort: »Alles, was wir wollen, ist...«

Ein harter Stoß in den Rücken ließ ihn verstummen. Torian schluckte einen Schmerzlaut hinunter, widerstand der Versuchung, sich herumzudrehen und dem Kerl seine Zähne in den Hals zu schlagen, und trat gehorsam auf den Hof hinaus, wo er sofort von derben Händen gepackt und zu Garth gezerrt wurde.

Der Hof war plötzlich alles andere als *leer*. Mehr als zwei Dutzend Männer umringten Garth und ihn, ein wahrer Wall von Leibern, der jeden Gedanken an Widerstand oder gar Flucht schlichtweg lächerlich machte. Bislang hatte niemand sie angegriffen oder war auch nur auf den Gedanken gekommen, sie nach weiteren Waffen zu durchsuchen, und Torian hütete sich, Feindseligkeiten herauszufordern. Man hatte Garth nicht einmal sein Schwert abgenommen. Die Bauernburschen fühlten sich offenbar durch ihre bloße Zahl überlegen genug. Und sie waren es auch, dachte Torian bitter.

Obwohl wahrscheinlich keiner ihrer Gegner große Kampferfahrung besaß, konnte es am Ausgang einer eventuellen Auseinandersetzung keinerlei Zweifel geben. Garth und er hatten sich übertölpeln lassen wie Anfänger. Zum Teufel, was war mit ihm los? Verlernte er allmählich das Denken?!

Torian sah, wie sich Garth' Hand fester um den Schwertknauf ballte, und fuhr erschrocken zusammen. Ein zorniges Funkeln lag in Garth' Augen. Der Dieb war kein Narr, aber das Fieber hatte sein Denken getrübt. Und die Angst, die sie aus der Wüste mitgebracht hatten, mußte noch ebenso in ihm wühlen wie in ihm selbst. Torian warf ihm einen raschen, warnenden Blick zu und legte ihm die Hand auf den Arm. Nach einigen Sekunden nickte Garth fast unmerklich, und Torian atmete innerlich auf.

»Ein wahrhaft herzliches Willkommen«, knurrte er. »Sieht wohl schlecht aus mit unserem Braten.« Er grinste schief. »Wer weiß – vielleicht sind *wir* ja das Abendessen.«

»Abwarten«, entgegnete Garth. »Wenn sie uns umbringen wollten, hätten sie das schon längst tun können.«

Torian schwieg eine Weile, während sein Blick noch einmal über die Männer glitt. Drinnen im Halbdunkel der Scheune war er nicht sicher gewesen, aber jetzt... Er schauderte.

»Sieh dir ihre Augen an, Garth«, flüsterte er. »Hast du so etwas schon einmal gesehen? Was ist mit diesen Männern los? Sie sehen aus, als... als würden sie gar nicht richtig leben.«

Garth nickte beinahe unmerklich. »Ich habe etwas Ähnliches schon einmal gesehen«, sagte Garth gepreßt. Schweißperlen glänzten auf seiner Stirn, und seine Lippen bebten. »Es ist gar nicht lange her. Vor kurzem erst.« Sein Blick irrte nervös hin und her, aber er machte keine Anstalten weiterzusprechen.

»Und wo?« fragte Torian schließlich.

Garth zögerte lange, ehe er antwortete, und als er es tat, sah er Torian nicht an. »Uns... waren einige eurer Kundschafter in die Hände gefallen. Wir wollten sie foltern, um die Lage des geheimen Passes nach Scrooth zu erfahren, aber dann traf der Magier in unserem Lager ein. Er blieb einige Minuten allein mit den Gefangenen in einem Zelt.« Er brach ab, lächelte nervös und fuhr sich mit dem Handrükken über das Kinn. »Anschließend«, fuhr er fort, »erklärten die Männer uns bereitwillig den Weg. Und ihre Gesichter zeigten den gleichen Ausdruck.«

»Du meinst, daß...«

»Sie gehorchen einem fremden Willen, das meine ich«, sagte Garth. »Aber wer...?«

»Ich«, sagte eine leise, aber dennoch kraftvolle Stimme hinter ihnen; eine Stimme, deren Klang Torian eine Gänsehaut über den Rücken jagte.

Mühsam beherrscht drehte er sich herum. Unbemerkt hatten zwei Männer das Herrenhaus verlassen und waren hinter sie getreten. Der eine trug ein etwas kostbareres Gewand als die Bauernburschen um sie herum – was nichts anderes hieß, als daß es nicht *ganz* so verdreckt und geflickt war wie die ihren. Immerhin – es wies ihn als Herrn des Hofes aus.

Torian schenkte dem Mann nur einen flüchtigen Blick, ehe er sich seinem Begleiter zuwandte und bei seinem Anblick erneut erschauerte.

Der Mann war alt, unglaublich alt, und obwohl sein in einen verschlissenen grauen Mantel gehüllter Körper schwach und gebrechlich aussah, verströmte er eine Aura von Macht, die Torian frösteln ließ. Ein Kranz schlohweißen, vom Wind zerzausten Haares lag um seinen Kopf. Tiefe Falten hatten sich in sein Gesicht gegraben. Darin eingebettet lagen die Augen; Augen mit Pupillen, die schwarz wie die Nacht waren, die uralt und jung zugleich wirkten. Zeitlos. Etwas Zwingendes ging von ihnen aus.

Nur mit äußerster Mühe konnte er den Blick senken. Neben ihm keuchte Garth. Ein undeutbares Lächeln lag auf dem Gesicht des Greises, das sich noch vertiefte, als sich Torian verwirrt mit der Hand über die Augen fuhr.

»Verzeiht den unfreundlichen Empfang«, sagte der Alte mit kaum verhohlenem Spott. Er deutete auf den Mann an seiner Seite. »Das ist Kalaar. Ihm gehört der Hof. Es kommen nicht oft Reisende hierher, besonders keine tremonischen Kriegstreiber. Wir wissen gerne, mit wem wir es zu tun haben, bevor wir Fremden Tür und Tor öffnen.«

»Wir sind keine… Tremoner«, erwiderte Torian. Das Sprechen fiel ihm schwer, aber diesmal lag es nicht am Durst und an seiner Erschöpfung. Etwas war plötzlich in seinem Kopf, etwas wie Nebel, das ihn am Denken hinderte. Die Nähe dieses schrecklichen alten Mannes erdrückte ihn fast. *Großer Gott, was war das?*

»Nein, das seid ihr nicht«, sagte der Alte freundlich. Und fügte hinzu: »Zumindest du nicht, Torian. Oder soll ich dich bei deinem vollen Namen nennen: Torian Carr Conn?«

»Du…« Torian trat einen Schritt vor und hob die Hände, als wollte er den Alten an der Kehle packen. Sofort richtete sich ein halbes Dutzend Speere und Pfeile auf ihn, aber der Greis winkte ab. Seine Lippen zuckten spöttisch. Er wußte genau, daß Torian ihn nicht angreifen würde. Er konnte es gar nicht.

»Laßt ihn«, sagte er. »Und du, Torian, hör auf, dich wie ein Narr zu benehmen. Es interessiert mich nicht, ob man dich in Scrooth sucht, und warum. Ich habe in meinem Leben schon zu viele Mörder und Diebe getroffen, als daß es mir etwas ausmachen würde.« Er lachte leise, ehe er sich herumdrehte und eine spöttisch-einladende Geste zum Haus hinüber machte. »Gehen wir hinein. Dort können wir uns in Ruhe unterhalten. Mir scheint, ihr seid etwas hungrig. Kalaar, laß den Tisch für unsere Gäste dekken.«

Mit einem beinahe unterwürfigen Nicken ging der Mann ins Haus zurück. Wortlos drehten sich auch die anderen Männer um und zerstreuten sich – allerdings erst, nachdem einer Torian das abgelegte Schwert gebracht hatte.

Verwirrt nahm Torian die Waffe entgegen, starrte den Alten einen Moment fassungslos an und steckte die Klinge schließlich in die Scheide zurück. Er verstand gar nichts mehr.

Gemeinsam mit Garth folgte er dem sonderbaren Greis. Während sie sich dem Haus näherten, sah er sich aufmerksam um; etwas, das ihm so sehr zur Gewohnheit geworden war, daß er es schon gar nicht mehr merkte. Der Hof kam ihm jetzt noch schäbiger und verkommener vor als bisher; es war wenig mehr als eine Ruine, und – sonderbar genug, bei all den Menschen, die sie beherbergte – sie wirkte noch immer auf die gleiche Art und Weise *tot* wie vorher. Nur an einem der Fenster im ersten Stock glaubte er eine flüchtige Bewegung wahrzunehmen. Für einen Sekundenbruchteil sah er das von schwarzem Haar eingerahmte Gesicht eines jungen Mädchens. Dann war es wieder verschwunden.

Torian runzelte die Stirn. Der Augenblick war zu kurz gewesen, um wirklich etwas zu erkennen, aber er meinte, einen fast gehetzten Ausdruck im Gesicht des Mädchens bemerkt zu haben. Und dieser Ausdruck war *echt* gewesen.

Er verscheuchte den Gedanken und trat hinter dem Alten in eine schmale, dunkle Diele. Der Geruch nach gebratenem Fleisch und frisch gebackenem Brot hing in der Luft. Schmerzhaft zog sich sein Magen zusammen.

Kalaar stand vor einer Tür am Ende des Korridors und bedeutete ihm einzutreten. Garth und der Greis hatten bereits an einem wuchtigen Eichentisch Platz genommen. Einige Mägde brachten Platten mit kaltem Braten herein, die sie auf dem Tisch abstellten. Torian beobachtete sie aufmerksam. Auch ihre Gesichter zeigten diesen schlafwandlerischen, leblosen Ausdruck. Nicht ein einziger neugieriger oder verstohlener Blick traf Torian, als er an den Tisch trat und sich setzte.

Der Anblick ließ seinen Hunger zu purer Gier werden; aber er beherrschte sich noch. Unsicher sah er Garth an – und erstarrte innerlich vor Schreck.

Das war nicht mehr Garth.

Er war es, sicher, sein Körper, sein Gesicht, seine Hände, die vor Gier zitterten, als sie nach dem Fleisch griffen – aber sein Blick war leer! Der Ausdruck von Erleichterung und Müdigkeit darin war genauso falsch wie der von Angst in den Augen der Knechte.

Zitternd vor Schreck, aber mit allmählich immer stärker werdendem Zorn, wandte er sich an den Alten. »Was hast du mit ihm gemacht?« fragte er.

»Gemacht?« Der Greis kicherte. »Was meinst du, Torian Carr Conn?«

»Verdammt, du weißt genau, was ich meine!« antwortete Torian drohend. »Was hast du mit ihm getan? Er ist... bei allen Göttern der Finsternis, ihr wart doch nur eine Sekunde allein!«

Der alte Mann lächelte, aber es wirkte kalt und falsch. »Ich könnte jetzt antworten: Zauberei«, sagte er. »Aber du glaubst ja nicht an die Macht der Magie, nicht wahr? Dabei«, fügte er kopfschüttelnd hinzu, »wärst gerade du gut beraten, es zu tun.«

Er seufzte. »Setz dich!« befahl er mit einer Stimme, die keinen Widerspruch duldete.

Torian machte gehorsam einen Schritt auf den Stuhl zu, den der Alte ihm bedeutet hatte, und blieb abrupt wieder stehen, was seine ganze Kraft in Anspruch nahm. Es war, als wollten sich seine Beine gegen seinen Willen bewegen.

Der Greis nickte anerkennend. »Du bist stark, Torian«, sagte er. »Also gut, nimm es als Zeichen meines guten Willens.« Er vollführte mit den Fingern eine blitzschnelle, kompliziert aussehende Geste vor dem Gesicht des Diebes. Benommen schüttelte Garth den Kopf. Sein Blick klärte sich. Er sah sich kurz um, griff nach dem Braten und stopfte sich genußvoll eine gewaltige Scheibe in den Mund. »Hervorragend«, lobte er schmatzend.

Torian begriff entsetzt, daß er nicht einmal gemerkt hatte, was geschehen war. *Großer Gott!*, dachte er, *über welche Macht verfügt dieser alte Mann, daß ein Schnippen seiner Finger ausreicht, einen Mann wie Garth zu einer Marionette zu machen?!*

»Greif zu, Torian«, sagte der Alte auffordernd. »Keine Sorge – das Essen ist gut.«

»So?« sagte Torian mißtrauisch. Er rührte sich nicht.

»Ich habe es nicht nötig, dein Essen zu vergiften«, sagte der Alte lächelnd. »Was du gerade erlebt hast, war ... nun, nennen wir es eine Demonstration. Verzeih, wenn ich dich erschreckt habe. Und nun greif zu.«

Torian zögerte noch einen winzigen Augenblick, aber dann wurde sein Hunger einfach übermächtig. Er hätte in diesem Augenblick auch gebratene Spinnen gegessen.

Das Essen war köstlich. Kalaars Dienerschaft mochte nicht mehr ganz menschlich sein, aber auf das Zubereiten von Mahlzeiten verstand sie sich. Torian aß so viel wie selten zuvor im Leben, und er hörte auch darin nicht auf, als er längst gesättigt war, sondern stopfte – genau wie Garth – immer mehr und mehr der köstlich duftenden Speisen in sich hinein. Er hörte erst auf, als er das Gefühl hatte, platzen zu müssen, wenn er auch nur noch einen einzigen Bissen herunterzwang.

»Ich denke, ich bin euch eine Erklärung schuldig«, begann der Greis, als Torian sich zufrieden zurücklehnte. Er deutete auf Kalaar. Ohne daß es einer weiteren Aufforderung bedurft hätte, verließ der Mann den Raum und schloß die Tür hinter sich.

»Ich habe ihn und sein Gefolge unter meinen Willen gezwungen, wie ihr wahrscheinlich längst erkannt habt«, fuhr der Greis fort. »Glaubt mir, ich habe es nicht gerne getan, aber mir blieb keine andere Wahl. Es sind stolze Menschen, doch sie sind auch ängstlich, und alles, was sie wollen, ist in Frieden leben.«

»Warum laßt Ihr ihnen dann nicht – ihren Frieden?« fragte Torian. Plötzlich fiel es ihm schwer, noch wirkliche Feindschaft gegen diesen Greis zu empfinden. Er war einfach zu satt, um sich zu so etwas Anstrengendem wie Zorn aufzuraffen.

Der Alte seufzte. »Ich brauchte sie«, antwortete er. »Keiner hätte mir freiwillig geholfen – und glaube nicht, daß ich es nicht versucht hätte. Trotzdem hätte ich ihren Willen nicht gebrochen, wenn es nur um mich gegangen wäre. Aber es steht zu viel auf dem Spiel.«

»Vielleicht könntest du noch ein wenig geschwollener und rätselhafter sprechen?« fragte Torian und rülpste. »Sonst könnte ich nämlich etwas verstehen, weißt du?«

Der Alte seufzte. »Vielleicht sollte ich mich zuerst vorstellen. Man nennt mich Salamir. Salamir den Magier, genau genommen.« Er schlug seinen Umhang zurück. Darunter kam eine goldene, mit prachtvollen Stickereien versehene Robe zum Vorschein. Die Robe eines Magiers.

Torian erstarrte, aber Salamir machte eine rasche, besänftigende Bewegung. Er schien Torians Gedanken genau zu erraten. »Urteile nicht vorschnell, Torian Carr Conn. Ich habe mit den Schwarzen nichts zu tun. Ich habe mich schon vor langer Zeit von ihrem Orden losgesagt.«

Garth fiel der Brotkanten, an dem er gerade herumkaute, aus der Hand. Fassungslos starrte er den Magier an, während Torian keine Überraschung empfand. Er hatte nichts anderes erwartet. Schon durch die knappe Geste, mit der Salamir den Dieb aus seiner Benommenheit geweckt hatte, war ihm klargeworden, was es mit dem Greis auf sich hatte. Er hatte es nur nicht begreifen *wollen.* Nein – überrascht war er nicht.

Aber entsetzt.

»Was... hast du mit uns vor?« erkundigte er sich mit erzwungener Ruhe. Er versuchte vergeblich, weiterhin gelassen und ruhig auszusehen. Nervös schenkte er sich aus einem Krug Wein in einen Becher und trank, um seine Unsicherheit zu verbergen.

»Ihr fürchtet die Magier, und mit Recht«, sagte Salamir. »Aber ich habe nichts mit ihnen zu tun. Ihr wärt längst nicht mehr am Leben, wäre es so.«

»Was willst du dann?« fragte Garth mißtrauisch.

Salamir lächelte traurig. »Ich bitte euch um eure Hilfe«, antwortete er.

Garth lachte schrill und unecht. »Was sollte es wohl geben, was wir besser könnten als du? Warum bittest du überhaupt, statt uns ebenfalls zu willenlosen Sklaven zu machen? Du hältst dich doch anscheinend für so etwas wie einen Gott.«

Torian warf dem Dieb einen warnenden Blick zu, doch Salamir schien Garth den Gefühlsausbruch nicht übelzunehmen.

Und er hatte auch sonst kaum mehr Ähnlichkeit mit dem kalten, befehlsgewohnten Mann, der noch vor Augenblicken auf der anderen Seite des Tisches gesessen hatte, dachte Torian verwirrt. Sein Blick strahlte nicht mehr diesen suggestiven Zwang aus. Es war nur noch der Blick eines Menschen, der der Verzweiflung nahe war. Auf sein Gesicht trat ein gequälter Ausdruck, als wäre eine Wunde in seinem Inneren neu aufgerissen worden. Garth' Worte hatten ihn getroffen.

»Ich bitte euch, weil ihr mir nur etwas nutzt, wenn ihr mir freiwillig helft«, erklärte er. »Kalaar und diese Menschen da draußen würden ihr Leben für mich geben, ohne eine Sekunde zu zögern, wenn ich es ihnen befähle. Sie gehorchen mir blind, aber auch meiner Macht sind Grenzen gesetzt. Ich kann sie nicht durch einen Befehl zu erfahrenen Kriegern machen. Die meisten wissen kaum, wie man ein Schwert hält. Ihr hättet sie wahrscheinlich mühelos überwältigen können, wenn ihr es gewollt hättet.«

»Als einer der Kerle mir fast die Zehen abgeschossen hat, kam mir das überaus gekonnt vor«, sagte Garth grimmig.

»Du weißt nicht, wohin er gezielt hat«, antwortete Salamir lächelnd und wurde sofort wieder ernst. »Wie gesagt, ich bitte euch um eure Hilfe. Unter Zwang würdet ihr einen Großteil eurer Fähigkeiten einbüßen und wärt nicht mehr wert als diese Männer da draußen. Wenn ihr ablehnt, seid ihr trotzdem als Gäste in diesem Haus willkommen, und ihr könnt weiterreiten, wann immer ihr wollt. Niemand wird euch aufhalten. Je eher ihr uns verlaßt, desto sicherer ist es – für uns alle. Aber die Entscheidung trefft ihr selbst.«

»Dann schlage ich vor, daß wir direkt aufbrechen«, knurrte Garth.

Torian beachtete ihn nicht.

»Unsere Hilfe...«, murmelte er. »Wobei?«

Salamirs Blick wurde noch trauriger. Er seufzte. Ein Ausdruck von Schmerz trat auf seine Züge, den Torian bei einem Mann wie ihm gar nicht für möglich gehalten hatte.

»Es geht um... um meine Tochter«, antwortete Salamir nach kurzer Pause. Für einige Sekunden wirkte er geistig abwesend, sein Blick schien in unendliche Ferne gerichtet zu sein.

Irgend *etwas* änderte sich. Torian wußte nicht, was, aber es war beinahe wie gestern abend, als er die Anwesenheit jenes fremden Etwas gespürt hatte, lange ehe er sie sah.

Und er spürte es nicht allein. Torian fing einen alarmierten Blick von Garth auf. Er spürte, wie seine Hand beinahe gegen seinen Willen zum Schwertknauf kroch. Etwas ging um sie herum vor, das er nicht begriff und das ihm angst machte. Salamir gab sich bewußt freundlich und harmlos, obwohl er es mit Sicherheit nicht war. Torian war sich keineswegs sicher, ob sie den Hof wirklich so einfach würden verlassen können, wie der Magier behauptete, aber er behielt seine Zweifel für sich und beschloß, noch vorsichtiger als bisher zu sein. Vielleicht war es nur Salamirs Magie, deren Wirken er spürte.

Aber was war es dann gewesen, was er gestern abend erlebt hatte?

Die Tür wurde geöffnet, und ein Mädchen von kaum zwanzig Jahren trat mit hoch erhobenem Kopf herein, noch ehe Torian den Gedanken zu Ende verfolgen konnte. Sie trug ein bodenlanges weißes Kleid, das ihre weiblichen Rundungen betonte.

Torian wußte, daß es Salamirs Tochter war, ohne daß es irgendeiner Erklärung bedurft hätte. Die Ähnlichkeit war nicht zu übersehen; keine *äußerliche* Ähnlichkeit – aber sie waren Menschen der gleichen Art. Ihr Auftreten war selbstbewußt und herrisch, aber ihre Bewegungen hatten auch eine katzenhafte Grazie. Schwarzes, lockiges Haar fiel ihr über die Schultern. Ihr Gesicht wurde von den hohen Wangenknochen und den ausdrucksstarken Augen beherrscht, die ebenso dunkel wie die ihres Vaters waren, und genau wie bei Salamir vorhin hatte Torian das Gefühl, daß eine unsichtbare Hand nach seinem Denken griff, als sich ihre Blicke kreuzten.

»Shyleen, meine Tochter«, sagte Salamir überflüssigerweise. Ein Schatten glitt über sein Gesicht, und seine Augen verengten sich für die Dauer eines Herzschlages zu schmalen Schlitzen. »Eine Tempelpriesterin Ch'tuons«, fügte er mit sonderbarer Betonung hinzu.

Der Name sagte Torian nichts, aber er sah, wie sich Garth verkrampfte.

»Ch'tuon«, echote der Dieb. Seine Stimme klang belegt. Er erschauerte sichtlich. Ein Ausdruck jähen Schreckens breitete sich auf seinem Gesicht aus.

»Eine Tempelpriesterin?« stammelte er. »Aber... aber wenn sie die Weihe empfangen hat, wie kann sie dann hier sein? Nur der Tod beendet die Berufung einer Priesterin!«

Shyleen musterte ihn hochmütig und mit mäßigem Interesse. Ihr Blick war, als betrachtete sie ein häßliches, aber interessantes Insekt.

»Ich bin geflohen«, erklärte sie. Sie schaffte es, ihre Worte beiläufig klingen zu lassen. »Auch aus dem Tempel des Toten Gottes gibt es Wege hinaus, wenn man die Macht einer Opferpriesterin besitzt.«

»Geflohen«, ächzte Garth. »Allmählich begreife ich, was hier gespielt wird.« Er sprang auf und riß auch Torian von seinem Stuhl hoch. »Komm, wir müssen weg, so schnell wie möglich. Dieser Hof ist eine Todesfalle.«

»Langsam.« Torian streifte die Hand des Diebes ab. Gleichzeitig warf er Garth einen fast beschwörenden Blick zu, von dem er wenigstens hoffte, daß Salamir ihn nicht bemerkte. Garth allerdings offensichtlich auch nicht.

»Ich möchte jetzt endlich erfahren, was hier eigentlich gespielt wird«, sagte er zornig. »Was hat es mit diesem Ch'tuon auf sich?«

»Ch'tuon ist die oberste Gottheit der schwarzen Magier«, stieß

Garth hervor. »Ein finsterer, unendlich mächtiger Dämon aus lange vergangenen Zeiten, dem noch heute Opfer dargebracht werden.«

»Menschenopfer«, ergänzte Shyleen gelassen.

Garth warf ihr einen fast entsetzten Blick zu, ehe er fortfuhr: »Die Flucht einer Tempelpriesterin ist eine Beleidigung des ganzen Ordens, die nur mit Blut gesühnt werden kann. Jeder Priester und Magier wird dieses verfluchte Weib jagen. Wahrscheinlich ist bereits eine halbe Armee hierher unterwegs.«

»Stimmt das?« fragte Torian leise, aber mit schneidender Schärfe in der Stimme. Plötzlich verstand er Garth' Entsetzen nur zu gut.

Shyleen erwiderte seinen Blick.

Aber sie tat noch mehr.

Torian bemerkte es beinahe zu spät. Etwas Unsichtbares griff nach seinen Gedanken; graue Spinnweben, die seinen Schädel einwoben und seinen Willen zu verkleben trachteten. Er stöhnte, versuchte die Augen zu schließen und konnte es nicht.

Mit aller Macht bäumte er sich gegen den suggestiven Angriff Shyleens auf. Ein dünner, aber sehr quälender Schmerz war die Antwort – aber auch in Shyleens Augen erschien ein Ausdruck von Überraschung. Sie schien nicht mit Widerstand gerechnet zu haben. Sie fauchte wie eine zornige Katze und verdoppelte ihre Anstrengungen. Torian wankte wie unter einem Hieb.

»Hör auf!« befahl Salamir und bewegte die Hand. Im selben Moment erlosch der fremde Einfluß in Torians Denken. Nur der Schmerz blieb noch eine Weile. Er stöhnte, griff haltsuchend um sich und schloß die Augen.

»Was soll das?« fauchte Shyleen. »Ich hätte ihn fast so weit gehabt...«

»Wenn ich sie zu etwas zwingen wollte, hätte ich es längst tun können. Es ist wohl besser, wenn du wieder gehst, Shyleen«, sagte ihr Vater streng.

Shyleen fuhr wie unter einem Schlag zusammen. Für einen Moment zerbröckelte die Fassade von Hochmut und Unnahbarkeit auf ihrem Gesicht, und darunter kam ein ganz anderes Geschöpf zum Vorschein. Aber es verschwand zu schnell, als daß Torian es wirklich erkennen konnte.

»Das scheint mir auch so«, fauchte sie. »Ich hätte besser im Tempel bleiben sollen.« Feindselig starrte sie Torian an, während Garth Luft für sie zu sein schien. Dann wandte sie sich mit hochrotem Kopf um und eilte zur Tür.

»Ich brauche keine Leibwächter, und schon gar nicht solche erbärmlichen Kreaturen!« rief sie. »Ich weiß mich auch selbst zu schützen!« Krachend fiel die Tür hinter ihr ins Schloß.

Torian blickte ihr kopfschüttelnd nach. Es dauerte einige Sekunden, bis er den wahren Grund ihres Zornes begriff – und als er es tat, fühlte er fast so etwas wie Mitleid. Er hatte ihrem Willen getrotzt, und Salamir hatte sie durch sein Eingreifen gedemütigt. Trotz der erschreckenden Macht, die sie von ihrem Vater geerbt hatte, war Shyleen im Endeffekt noch immer ein Kind. Aber ein gefährliches Kind.

»Verzeiht ihren jugendlichen Übermut«, brach der alte Magier nach einer Weile das Schweigen. »Sie ist im Tempel aufgewachsen und besaß fast unumschränkte Macht. Sie ist das Befehlen gewöhnt, nicht das Gehorchen. Es fällt ihr nicht leicht, diese Rolle abzuschütteln. Sie ist verzweifelt, und ihr dürft sie nicht deshalb...«

»Das geht uns nichts an«, unterbrach Garth ihn barsch. »Ich will mit euren Angelegenheiten nichts zu tun haben. Es ist blanker Selbstmord, sich gegen die Schwarzen zu stellen. Ich für meinen Teil verschwinde jedenfalls. Was ist mit dir, Torian?«

Torian erhob sich schwerfällig, griff nach seinem Helm und klemmte ihn sich unter den Arm. Er nickte.

»Es tut mir leid, Salamir«, sagte er, und das war in diesem Moment noch nicht einmal gelogen. »Aber ich glaube, Garth hat recht. Gegen Magie ist jedes Schwert machtlos. Ich würde dir vielleicht helfen, Salamir, wenn ich auch nur den Hauch einer Chance sähe, aber so...«

»Dann geht!« zischte der Alte. »Vielleicht bleibt ihr auf diese Art noch ein paar Tage am Leben, bis euch der Fluch von Rador einholt. Einmal hätte das *Baarl* euch ja schon fast erwischt.«

Torian blieb abrupt stehen. Der Helm entglitt seinen plötzlich kraftlos gewordenen Fingern und polterte zu Boden, aber er beachtete ihn nicht. Ein eisiger, lähmender Schrecken breitete sich in ihm aus.

»Was... hast du gesagt?« flüsterte er.

»Ich hatte nicht vor, euch zu erpressen, und will es auch jetzt nicht tun«, antwortete Salamir. »Aber ich hatte auch nicht vor, euch mit Gold zu bezahlen, sondern durch meine Hilfe. Wir befinden uns alle in einer Notlage und können uns gegenseitig helfen.«

»Woher weißt du...?« stammelte Garth.

Salamir lachte humorlos. »Ich weiß alles über euch. Vergeßt nicht, daß ich ein Magier bin, wenn ich auch nicht über dieselbe Macht gebiete wie die Schwarzen. Hat es euch nicht gewundert, daß ich eure Namen kenne? Nachrichten verbreiten sich rasch. Torian, du hast zwei der Schwarzen umgebracht, was noch keinem Sterblichen gelungen ist – jedenfalls keinem, der es überlebt hätte. Ich weiß nicht, ob es nur Glück war oder etwas anderes, aber du hast es jedenfalls getan, und deshalb brauche ich deine Hilfe. Es war kein Zufall, daß ihr ausgerechnet hierher gekommen seid, auch wenn es euch so erscheinen mag. Es stimmt, daß Shyleens Flucht die Rache der Schwarzen herausfordert, aber sie sind längst auch hinter dir her. Ihr habt Rador verlassen, doch noch vor seinem Tod hat der Wächter der Schwarzen einen Fluch über dich ausgesprochen. Das *Baarl* ist eine der schrecklichsten Kreaturen der Alten, die früher über Caracon geherrscht haben. Es bewegt sich nur langsam, doch wenn es einmal die Spur eines Opfers aufgenommen hat, läßt es nicht mehr von ihm ab, bis es seinen Auftrag erfüllt hat.« Er lächelte so kalt wie eine Schlange. »Du kannst bis ans Ende der Welt vor ihm fliehen, Torian. Es wird dich finden.«

Torian hatte das Gefühl, der Raum um ihn herum beginne sich zu drehen. Ein Schrecken von nie gekannter Tiefe griff nach seinen Gedanken. Das Bild der dräuenden, viel zu massiven Finsternis, die sich unten am Bach in seinen Schatten eingenistet hatte, tauchte wieder vor seinem inneren Auge auf, und noch einmal spürte er einen Hauch dieser abgrundtiefen Furcht, die ihn bei dem Anblick gepackt hatte. Nur noch mit letzter Kraft gelang es ihm, die Erinnerung zurückzudrängen.

Er fing einen verwirrten Blick von Garth auf, aber er ignorierte ihn. Mit schweren Schritten kehrte er an den Tisch zurück und ließ sich wieder auf seinen Stuhl sinken. Garth tat es ihm gleich. Von seiner gerade noch wilden Entschlossenheit war nichts geblieben. Er wirkte nur noch verwirrt.

»Ein Fluch«, murmelte Torian. Er hatte gewußt, daß es sich bei dem geheimnisvollen *Etwas* keineswegs um ein Tier gehandelt hatte, und er hatte auch gespürt, daß es etwas mit Rador zu tun hatte – dem Rador, wie es vor tausend Jahren gewesen war, nicht der toten Ruinenstadt –, aber er hatte den Gedanken verdrängt und so getan, als könnte er die Wahrheit durch bloßes Leugnen aus der Welt schaffen. Eine Zeitlang hatte es sogar funktioniert, dachte er benommen. Die Wahrheit war nicht sehr schnell. Man konnte eine Weile vor ihr davonlaufen, aber irgendwann holte sie einen ein. Wie das *Baarl.*

»Ein Fluch«, bekräftigte Salamir. »Der schlimmste Fluch, den ich mir vorstellen kann.« Er grinste. »Und ich kann mir eine *Menge* vorstellen.

»Kannst du ihn... ich meine...«

»Nein, das kann ich nicht«, fiel ihm der Magier ins Wort. »Es wäre zu einfach, jetzt zu lügen. Das *Baarl* stammt aus einer schrecklichen Epoche der Vergangenheit. Meine Macht reicht bei weitem nicht aus, es zu vernichten. Höchstens ein Schwarzer könnte es.« Er seufzte. »Aber ich fürchte, du wirst keinen finden, der es täte.«

»Was hast du uns denn außer leeren Worten sonst zu bieten?« fuhr Garth auf. »Wir könnten längst meilenweit weg sein.«

»Bei dieser Hitze?« Salamir lächelte nachsichtig. »Eine Stunde dort draußen, und euer Blut würde kochen. Ich kann das *Baarl* nicht vernichten, aber ich kann gemeinsam mit Shyleen versuchen, es zumindest für eine Weile von eurer Spur abzubringen. Auch ihr könnt nicht garantieren, daß ihr uns schützen könnt.«

»Gibt es überhaupt eine Rettung vor diesem... diesem *Ding?*« fragte Torian beklommen. Er sprach ganz automatisch; es war nur der Krieger in ihm, der diese Frage stellte. Er selbst hatte noch gar nicht ganz begriffen, was Salamirs Worte *wirklich* bedeuteten. Er wollte es auch nicht.

»Ich weiß es nicht, aber wenn uns genug Zeit bleibt, kann ich versuchen, es herauszufinden. Shyleen besitzt bei weitem nicht meine Macht, aber sie weiß mehr über die Magie der Schwarzen als viele andere. Eine Hand wäscht die andere. Entscheide dich, Torian.«

»Bleibt mir eine andere Wahl, als dein Angebot anzunehmen?«

»Nein«, erwiderte Salamir, ohne daß es spöttisch klang. »Auch wenn ich mir wünschte, du würdest mir aus freien Stücken helfen. Was ist mit dir, Garth?«

»Am liebsten würde ich dir den Hals umdrehen«, knurrte der Dieb. »Du kannst es nennen, wie du willst, für mich ist es Erpressung, nichts weiter.«

»Vielleicht, soweit es Torian betrifft. Womit sollte ich dich erpressen?«

Garth, Augen weiteten sich. Er schluckte die scharfe Bemerkung hinunter, die ihm auf der Zunge lag, als er begriff, was der Magier meinte.

»Soll das heißen...?«

»Genau das. Der Fluch gilt nur ihm. Er hat den Schwarzen getötet. Hätte es das *Baarl* auch auf dich abgesehen, wärst du bereits nicht mehr am Leben. Du kannst ungehindert gehen. Es sei denn, du bliebest aus Freundschaft zu Torian hier.«

Garth ballte die Fäuste und donnerte sie mit aller Wucht auf die Tischplatte. Einige Sekunden lang starrte er Torian fast haßerfüllt an, dann sprang er auf, trat an die Wand und schlug noch einmal zu. Verputz rieselte herab.

»Wären wir uns bloß niemals begegnet!« brüllte er. »Ich muß verrückt sein, wenn ich hierbleibe. Kannst du mir einen vernünftigen Grund nennen, warum ich deinetwegen Selbstmord begehen sollte?«

Er drehte sich herum, starrte Torian an – und grinste über das ganze Gesicht.

»Aber soll ich dir was sagen, Torian Carr Conn, du schrecklichster aller Mörder? Es scheint ganz so, als ob ich wirklich verrückt wäre.«

Zwielichtiges Halbdunkel erfüllte das Zimmer, als er erwachte. Torian erinnerte sich schwach, geträumt zu haben, ohne daß er sich auf Einzelheiten besann, aber er wußte zumindest, daß es ein wenig angenehmer Traum gewesen war. Er war ganz froh, daß ihn irgend etwas geweckt hatte.

Benommen richtete er sich auf und rieb sich mit dem Handrücken den Schlaf aus den Augen. Das Zimmer war still. Die schweren Vorhänge vor dem Fenster wurden spielerisch vom Wind bewegt wie von einer unsichtbaren Hand, und der typische, nicht unbedingt unangenehme Geruch eines Bauernhofes drang von draußen herein. Aus der anderen Ecke des Raumes drangen Garth' schwere, regelmäßige Atemzüge an sein Ohr und bewiesen ihm, daß der Dieb noch schlief. Salamir hatte sich seine Wunde angesehen und einen heilenden Kräuterverband aufgelegt. Garth hatte sich auf der Matratze zusammengekauert, leise darüber fluchend, daß es die Leute wohl nie lernen würden, vernünftig große Betten zu bauen, und war binnen weniger Sekunden in tiefen Schlaf gesunken. Torian beneidete ihn ein wenig um diese Fähigkeit. Er selbst hatte sich eine Stunde oder länger auf dem Bett herumgewälzt, ehe er endlich in einen unruhigen Schlummer gefallen war. Und er hatte nicht lange geschlafen. Draußen war es noch hell.

Torian schwang die Beine aus dem Bett, reckte sich ausgiebig und trat ans Fenster. Auch jetzt war kein Mensch auf dem Hof zu sehen. Die Sonne hing bereits wie ein riesiger Feuerball tief am Horizont und schien fast mit der Wüste zu verschmelzen, und die Dämmerung streckte sich mit rauchigen Schattenfingern nach dem Land aus. Nein – er hatte wahrlich nicht lange geschlafen: fünf oder sechs Stunden allenfalls, und das war nicht sehr viel, nach drei Tagen und Nächten praktisch ohne Ruhe. Er fühlte sich nicht sonderlich erfrischt. Die Verlockung des Bettes hinter ihm war groß. Und trotzdem hatten sie viel zuviel Zeit verloren. Er dachte an das *Baarl.* Salamir hatte gesagt, es wäre langsam – aber ein schlafender Mann war sicherlich noch langsamer.

Er seufzte. Wäre es nur nach ihm gegangen, so hätten sie keine Minute mehr verschwendet, aber Salamir hatte darauf bestanden, daß sie sich wenigstens ein Minimum an Ruhe gönnten, denn noch hilfloser als ein schlafender Mann, so hatte er argumentiert, war einer, der vor Erschöpfung zusammenbrach. Ungeachtet ihres schwachen Protestes hatte Salamir ihnen Kalaars Gemach herrichten lassen.

Torian hätte sich auch mit einem einfachen Strohlager zufriedengegeben – vielleicht wäre es sogar besser gewesen. Sein Rücken schmerzte, und sein Nacken hatte sich vom Liegen auf der ungewohnt weichen Matratze verspannt. Er wandte sich vom Fenster ab und massierte seine Muskeln. Abgesehen von Garth' Atemzügen war es totenstill. Selbst die Tiere in den Ställen schienen zu schlafen.

In diesem Moment nahm Torian erneut das Geräusch wahr, das ihn geweckt hatte. Es war ein leiser, kaum hörbarer Laut, der dem Summen einer Mücke glich, aber sehr viel drohender war. Das Geräusch währte nur wenige Sekunden, dann mischte sich ein anderer Laut hinein, ein Geräusch wie das leise Scharren von Horn. Dann so etwas wie Atemzüge...

Eine eisige Hand griff nach Torians Herz. Es gab sicherlich Dutzende harmloser Erklärungen für diese Laute, aber er spürte ganz instinktiv, daß sie alle falsch waren.

Und es waren nicht nur die *Geräusche.*

Voller Entsetzen registrierte Torian, wie sich auch Licht und Schatten zu verändern begannen, sehr viel schneller und unheimlicher, als es die Dämmerung draußen hätte verursachen können. Binnen weniger Sekunden schienen sich die Schatten im Zimmer verdichtet und an Gestalt gewonnen zu haben, bildeten Umrisse, faserige Formen wie Nebel, der von unheimlichem Leben erfüllt war, und trieben wieder auseinander. Die Schwärze blieb körperlos, aber sie quoll plötzlich wie Rauch aus den Winkeln und Schatten. Ein widerlich süßer Geruch drang an seine Nase. Gleichzeitig veränderte sich das Geräusch erneut. Es erinnerte nun an das Tappen leiser Schritte, kam ihm aber zugleich unsagbar falsch und furchteinflößend vor.

Und es kam näher...

»Garth?« flüsterte er.

Der Dieb reagierte nicht, sondern schnarchte nur noch lauter. Torian sah sich mit klopfendem Herzen um. Er war allein, wie zuvor, und doch spürte er einfach, daß etwas hier im Zimmer war.

Das *Baarl?*

»Garth«, sagte er noch einmal. »Verdammt noch mal, wach endlich auf!«

Garth drehte sich mit einem unwilligen Grunzen im Bett herum, wurde aber nicht wach.

Torian kam nicht mehr dazu, ihn einfach aus dem Bett zu zerren, wie er eigentlich vorgehabt hatte. Der Vorhang am Fenster flatterte plötzlich heftiger. Für den Bruchteil einer Sekunde zeichnete sich ein monströses, unförmiges Etwas von geradezu absurder Größe hinter dem grauen Stoff ab, dann wurde der Vorhang herabgezerrt und einfach in Fetzen gerissen. Funken stoben auf, und die Fetzen verbrannten, noch bevor sie zu Boden sanken und zu Asche zerfielen.

Das *Baarl* hatte ihn gefunden.

Es war hier!

Mit einem Schrei prallte Torian zurück, rollte rücklings über das Bett und packte das Schwert, das griffbereit am Pfosten lehnte. Blitzschnell riß er die Waffe aus der Scheide, ließ die metallene Hülle achtlos fallen und fuhr mit erhobener Klinge herum.

Aber es gab nichts, wogegen er sie führen konnte.

Das Zimmer war so leer wie zuvor!

Für einen Augenblick.

Dann hörte er wieder das entsetzliche Summen und die anderen Geräusche und sah die Schatten aus allen Richtungen zusammenfließen wie kleine rauchige Tierchen. Etwas Mächtiges, Formloses setzte seinen Fuß auf das Bett. Krachend brach das Holzgestell unter der Belastung zusammen, und eine Woge körperloser Hitze traf Torian wie eine glühende Hand im Gesicht und ließ ihn zurücktaumeln. Sein Bettzeug begann zu schwelen, und plötzlich flammte der Boden vor ihm auf, ein verbrannter Fleck von der Form eines monströsen Fußes, der nicht ganz menschlich war.

Die Hitze raubte Torian schier den Atem. Er führte mit dem Schwert einige wuchtige Streiche, doch er zerteilte nur Luft.

»Garth!« schrie er noch einmal, und endlich hörte ihn der Dieb. Schlaftrunken richtete er sich auf. »Was'n los...«

Er verstummte, riß erschrocken die Augen auf, schleuderte die Decke zur Seite und sprang aus dem Bett. Gleichzeitig packte er sein eigenes Schwert.

Torian hieb noch einmal erfolglos in die leere Luft und taumelte weiter zurück. Er hatte das Gefühl, Flammen zu atmen. Aber vor ihm *war nichts!*

»Raus!« brüllte er mit überschnappender Stimme. »Wir müssen hier raus!«

Garth war bereits an der Tür und versuchte sie zu öffnen.

Aber nur einmal. Er schrie auf, riß die Hand von der Klinke zurück und schlenkerte sie wild hin und her. Das Eisen der Klinke verfärbte sich, wurde binnen weniger Sekunden rot und dann weißglühend. Das Holz begann zu schwelen; beißender Rauch erfüllte die Luft. Gleichzeitig verformte sich das Schloß, schmolz zu einem unförmigen, wabernden Klumpen zusammen und tropfte zähflüssig zu Boden. Knisternd fraß sich die Glut in das Holz des Fußbodens. Die Dielenbretter begannen zu rauchen, wo das flüssige Metall sie traf.

Torian spürte einen Luftzug an der Wange und warf sich zur Seite. Etwas Geschmeidiges, Weiches und doch ungeheuer Starkes traf ihn mit fürchterlicher Wucht an der linken Schulter und schleuderte ihn durch das Zimmer. Sein Arm war taub und gefühllos. Er ließ das Schwert fallen, um seinen Sturz mit der unverletzten Hand abzufangen, nahm dem Aufprall durch eine Drehung die ärgste Wucht und krachte mit immer noch verheerendem Schwung mit dem Kopf gegen eine Wand. Ein betäubender Schmerz explodierte zwischen seinen Schläfen. Für Sekunden war er blind.

Halb besinnungslos blieb er liegen. Ein blutiger Nebel senkte sich über sein Bewußtsein, breitete sich wie lähmendes Gift in seinen Adern aus und versuchte ihn einzuhüllen. Aber er würde sterben, wenn er jetzt das Bewußtsein verlor. Mit aller Verbissenheit kämpfte Torian gegen die drohende Ohnmacht an.

Garth brüllte etwas, das er nicht verstand. Der Dieb warf sich mit seinem ganzen Gewicht gegen die Tür. Das Holz erbebte unter dem Aufprall seiner mehr als zwei Zentner, aber allen Naturgesetzen zum Trotz weigerte es sich zu zerbrechen. Im Gegenteil – Garth wurde zurückgeschleudert, als wäre er gegen eine Wand aus Gummi gerannt. Sein Gesicht und seine Schulter bluteten, als er ich stöhnend aufrichtete.

Torian blinzelte, hob die Hand und spürte warmes Blut unter seinen Fingern. Kaum eine Armeslänge von sich entfernt sah er das Schwert liegen, aber seine Finger gehorchten ihm nicht mehr, als er danach greifen wollte. Ein Hauch unheimlicher Hitze streifte sein Gesicht. Torian sah auf.

Und schrie.

In einer blitzartigen Vision zerriß der Schleier aus lebenden Schatten, der das *Baarl* bislang vor seinen Augen verborgen hatte. Für den Bruchteil einer Sekunde sah er das entsetzliche *Ding* so, wie es wirklich war. Er sah –

einen mehr als doppelt mannsgroßen, aufgedunsenen balg von einer finsternis, die mehr war als nur die abwesenheit von licht, eine gräßliche Steigerung der farbe schwarz, für die es in der menschlichen Sprache kein wort gab; bedeckt mit handtellergroßen, hornigen panzerschuppen und schwärenden grünen geschwüren. fingerlange reißzähne bleckten aus einem dreieckigen, entsetzlich verzerrten insektenmaul. darüber eine unzahl kleiner, von böser mörderischer intelligenz erfüllter augen, in denen der tod schimmerte; zwischen denen klebrige stränge einer undefinierbaren masse pulsierten und sich wie ein nest ineinandergewobener schlangen wanden, bis sie in einen schwarzen brei aus zahllosen, tentakelartigen schattenarmen übergingen, die die luft peitschten; die luft einer umgebung, die nicht mehr kalaars gemach war, sondern wie eine bösartig verzerrte karikatur des raumes wirkte, mit winkeln und kanten, die auf absurde, sinnverwirrende art in sich gekrümmt waren, geraden, die sich spiralförmig wanden und in sich selbst anfang und ende bildeten; linien, die es nicht gab, und eine geometrie, die geschaffen war, den menschlichen geist durch ihr bloßes dasein zu zerstören; alles getaucht in ein feuer, das nicht von dieser welt war und trotzdem –

Die Vision währte nicht einmal eine Sekunde, und sie verging ebenso plötzlich, wie sie gekommen war. Das Zimmer schien wieder leer wie zuvor. Aber was Torian gesehen hatte, war fast mehr als er verkraften konnte.

Und es war noch nicht vorbei. Torian vernahm einen gellenden Schrei, glaubte, ein schwarzes *Etwas* zu sehen, das in seine Richtung peitschte, und warf sich blindlings zur Seite. Seine Finger bekamen den Schwertknauf zu fassen.

Ein peitschender Knall ertönte, hallte von den Wänden wider und erschütterte das ganze Haus. Hinter ihm schien die Wand zu explodieren. Verputz, Gesteinssplitter und Holz flogen wie kleine gefährliche Geschosse durch die Luft. Ein armlanger, zentimeterbreiter Riß zog sich durch die Wand und den Boden, ein Riß, dessen Ränder schwarz verkohlt waren, als wäre die Mauer von etwas Glühendheißem getroffen und gespalten worden; etwas, das heißer war als ein Blitz.

Wieder sah Torian einen der gigantischen Schattenarme auf sich zujagen. Er riß das Schwert hoch und schlug mit aller Gewalt zu. Um ihn treffen zu können, mußte das *Baarl* für den Bruchteil einer Sekunde in seine Welt wechseln, und damit wurde es verwundbar.

Und diesen Augenblick nutzte er.

Das Schwert traf den Schattenarm, schnitt tief hinein und brach ab. Ein furchtbarer Ruck fuhr durch seinen Arm und prellte ihm das nutzlose Heft aus der Hand. Torian taumelte zurück, umklammerte seinen schmerzenden Arm und fiel auf die Knie. Für einen Moment war er vollkommen hilflos.

Aber auch sein Gegner war getroffen. Ein fürchterlicher, unmenschlicher Laut erscholl, der Schrei einer Kreatur, die vielleicht zum ersten Mal in ihrem Leben den Schmerz kennenlernte; ein Schrei, in dem sich Pein und abgrundtiefe Wut mischten.

Hastig kroch er von der Wand fort und zu Garth hinüber, der mit seinem Schwert auf die Tür einschlug. Das kaum fingerdicke Holz hätte schon unter einem einzigen dieser mit verheerender Wucht geführten Schläge zersplittern müssen wie Papier – aber Garth' Streiche hinterließen nicht einmal eine Schramme, während seine Klinge bereits mit Scharten übersät war.

Torian stemmte sich in die Höhe und taumelte auf den Dieb zu. Garth schrie irgend etwas, das er nicht verstand. Hinter ihm erklang immer noch das Brüllen des *Baarl.* Schmerz und Wut schienen es fast zur Raserei zu treiben. Aber der Schmerz würde nicht lange halten; Torian hatte den titanischen Körper zu gut ge-

sehen und wußte, daß er ihm nur einen, wenn auch schmerzhaften Kratzer verpaßt hatte, keine wirkliche Wunde.

Und irgendwann würde dem *Baarl* wieder einfallen, *wer* ihm so weh getan hatte...

Wieder ließ Garth seine Klinge mit aller Gewalt gegen die Tür sausen, und wieder prallte sie ab. Torian stolperte, krachte ungeschickt gegen die Tür und fühlte das harte Holz. Es war eiskalt und unnachgiebig wie Stahl. Das *Baarl* hatte den einzigen Ausgang magisch versiegelt.

Dann sah er den Schatten.

Es war sein eigener Schatten, und der von Garth, von den letzten Strahlen der untergehenden Sonne auf die Wand gezaubert, aber da *war auch noch ein dritter Umriß*, ein gigantisches, verkrüppeltes Etwas, dessen Körper unsichtbar blieb, und das sich langsam, einen Wust peitschender Tentakel wie graues lebendes Haar um das Gorgonenhaupt schwingend, auf ihn und Garth zu bewegte; grotesk langsam, und doch ungeheuer kraftvoll.

»Weg hier!« brüllte Torian mit überschnappender Stimme. Gleichzeitig warf er sich herum und zurück und versetzte Garth einen Stoß, der ihn zur Seite taumeln ließ, fort von der Tür und dem näher kommenden Schatten. Das *Baarl* mußte sich nun genau hinter ihm befinden. Alles in ihm schrie danach, herumzufahren und zu fliehen, aber er wußte, daß es sein Todesurteil wäre, täte er es. Mit der letzten Selbstbeherrschung zwang er sich, reglos stehenzubleiben und den Schatten zu beobachten; die einzige Möglichkeit, die Bewegungen der Kreatur zu verfolgen. Er sah das Tentakel, der sich wie eine Schlange zusammenrollte und vorzuckte, aber er blieb immer noch stehen.

Erst im allerletzten Moment, in der Sekunde, in der er bereits den Luftzug des Fangarmes spüren konnte – oder es sich wenigstens einbildete –, ließ er sich zur Seite fallen. Das Tentakel verfehlte seinen Kopf um kaum eine Handbreit und hämmerte mit unbeschreiblicher Wucht gegen die verschlossene Tür.

Für einen Moment schien selbst die Zeit den Atem anzuhalten.

Dann zerbarst die Tür mit einem peitschenden Knall in drei ungleiche Stücke und eine Million Splitter. Der Hieb war so wuchtig, daß die Reste mitsamt dem Rahmen aus der Wand gebrochen wurden, als hätte sie der Tritt eines wütenden Drachen getroffen. Die Erschütterung ließ das ganze Haus in seinen Grundfesten erbeben. Irgendwo, weit entfernt, zerbrach klirrend ein Fenster.

Aber gleichzeitig hörte Torian auch, wie das *Baarl* vor Wut und Schmerz aufheulte. Kleine blaue knisternde Flammen hüllten das zurückschwellende Tentakel ein, griffen blitzartig auf den unsichtbaren Gigantenkörper über und zeichneten seine Konturen mit lodernder Glut nach. Eine entsetzliche Hitzewelle fauchte über Torian hinweg, zu schnell, um ihn zu verbrennen, aber heftig genug, ihn gegen die Wand zu schleudern und ihm Haare und Augenbrauen zu versengen.

Mit einem krächzenden Laut ließ er sich zur Seite fallen, kroch über die Schwelle und richtete sich erst auf, als er auf dem Korridor war. Blindlings taumelte er weiter, mit angehaltenem Atem und zusammengebissenen Zähnen, prallte gegen eine Wand und torkelte den Gang hinab. Erst, als er die Treppe erreicht hatte, wagte er es, stehenzubleiben und zurückzublicken.

Die Tür glich dem geschwärzten Schlund eines Vulkanes. Mauerwerk und Holz waren verkohlt, überall züngelten Flammen und kleine Brände, und die Luft kochte vor Hitze. Vom *Baarl* war nichts zu sehen, aber Torian hatte ja am eigenen Leibe erfahren, wie wenig das besagte. Es war hier, immer noch ganz in seiner Nähe – *und es kam näher!*

Er spürte eine Berührung am Arm, fuhr herum und hob ganz instinktiv die Fäuste, ehe er Shyleen erkannte. Aller Hochmut war aus ihrem Gesicht gewichen. Sie war blaß, ihre Lippen zitterten, und die Angst ließ ihre Augen noch größer und dunkler erscheinen, als sie ohnehin waren. In diesem Moment kam sie Torian mehr wie ein Kind vor als wie die Frau, die ihn am Vormittag haßerfüllt unter ihren Willen zu zwingen versucht hatte. Und im Grunde, dachte er hysterisch, waren sie das beide auch. Zwei Kinder, die dem finsteren Dämonengott einer längst vergangenen Zeit trotzten.

»Komm!« stieß sie gehetzt hervor und zog ihn mit sich. Sie hasteten die breite Holztreppe hinab, taumelten den kurzen Flur entlang und standen urplötzlich Shyleens Vater gegenüber. Sein Gesicht war so bleich wie das seiner Tochter.

»Was ist geschehen?« stammelte er.

»Das *Baarl!*« schrie Torian zurück. Hinter ihnen begann die Treppe zu beben. Das Ächzen von überlastetem Holz erklang, und irgendwo zersplitterte ein Balken. Das ganze Haus schien sich wie in Krämpfen zu winden. »Ist das die Hilfe, die du uns versprochen hast?« brüllte Torian.

»Deine Hand!« schrie Shyleen. *»Schnell!«*

Sie packte seinen Arm. Plötzlich hielt sie einen zierlichen Dolch in der Hand und brachte ihm einen tiefen Schnitt am Handballen bei. Instinktiv wollte Torian den Arm zurückreißen, aber sie hielt ihn mit einer Kraft fest, die er ihr nicht zugetraut hätte. Blut quoll aus der Wunde, das sie in einer flachen Schale auffing. Irgendwo in der Mitte der Treppe, nicht mehr sehr weit entfernt, zersplitterte eine Stufe, dann eine zweite – und plötzlich brach ein gut vier Meter langes Stück der Treppe aus seiner Verankerung und stürzte in die Tiefe. Der Boden zitterte. Das ganze Haus erbebte wie unter dem Faustschlag eines Giganten, als das *Baarl* – unsichtbar, aber durchaus real – auf dem Boden aufschlug und Trümmer und brennendes Holz nach allen Seiten davonspritzten. Flammen und Staub zeichneten die Konturen eines unsichtbaren, gigantischen Körpers nach.

»Jetzt!« schrie Shyleen. Sie sprang geschmeidig über ein geborstenes Stück des Geländers, das sich wie ein Speer in die Erde gebohrt hatte, und leerte die Schale mit Torians Blut über das *Baarl.* Gleichzeitig hob der Magier in einer beschwörenden Geste die Hände. Funken lösten sich aus seinen zu Klauen gekrümmten Fingern und rasten auf die Kreatur zu.

Und irgend etwas war *falsch*. Torians Gedanken überschlugen sich viel zu sehr, als daß er sagen konnte, was – aber irgend etwas war nicht so, wie es sein sollte.

Ein gequälter Aufschrei, hundertmal lauter und schmerzerfüllter, als Torian ihn in Kalaars Gemach vernommen hatte, gellte durch das Haus. Eine winzige, loderndheiße Sonne verschlang den Umriß der Kreatur.

Torian warf sich instinktiv zu Boden. Ein ungeheuer grelles Licht flammte vor ihnen auf, wuchs zu einem weißglühenden lodernden Feuerball heran und berührte die Wände. Das Licht fraß sich sogar durch seine geschlossenen Augenlider und jagte grelle Schmerzpfeile in seinen Schädel. Er schrie, riß die Hände vor das Gesicht, um seine Augen zu schützen, ohne die unerträgliche Helligkeit dadurch mildern zu können, und krümmte sich vor Schmerz. Inmitten der wabernden Lichtflut sah er das sich vor Schmerz windende *Baarl*. Die peitschenden Tentakel verkohlten und zerfielen zu Staub. Noch ein letztes Mal bäumte sich die Kreatur auf und zerbarst mit einem gewaltigen Donnerschlag.

Die unerträgliche grelle Helligkeit erlosch.

Torian glaubte, die plötzliche Stille mit fast schmerzhafter Intensität zu spüren. Zitternd blieb er liegen und lauschte seinem rasenden Pulsschlag. Alles drehte sich um ihn herum.

Gerettet!

Das war alles, was er in diesem Moment denken konnte. Er war gerettet.

Aber für wie lange?

Sie hatten die klaffende Wunde im hölzernen Skelett der Treppe notdürftig mit einigen Balken geflickt und die zahllosen Brände gelöscht, die den Weg des unsichtbaren Dämons markierten wie eine Spur aus Feuer. Jetzt saßen sie in einem der wenigen nicht zerstörten Zimmer des Hauses zusammen. Der Schein mehrerer Petroleumlampen erfüllte den Raum, und im Kamin flackerte ein Feuer. Kalaars Männer waren bereits emsig damit beschäftigt, die Schäden zu beheben, die das *Baarl* angerichtet hatte.

Doch obwohl es warm und hell war, und obwohl er instinktiv spürte, daß ihnen zumindest im Moment keine Gefahr mehr drohte, fröstelte Torian. Er hatte das Gefühl, daß sich die Schatten nur wie lauernde Raubtiere in ihre Ecken und Winkel zurückgezogen hätten, noch immer von bösem Leben erfüllt und auf eine Gelegenheit wartend, erneut über ihn herzufallen. Langsam, fast unmerklich, aber sehr beharrlich, schienen sie aus ihren Verstecken hervor- und auf ihn zuzukriechen. Immer wieder sah er sich unbehaglich um, und immer wieder versuchte er sich einzureden, daß es nur Einbildung und er übernervös war, aber die Kälte und das Gefühl der Bedrohung ließen sich weder durch das Licht noch durch die Wärme verscheuchen. Und schon gar nicht durch *Logik.* In der Welt, in die es ihn jählings verschlagen hatte, klang dieses Wort lächerlich.

Torian fragte sich allen Ernstes, ob er vielleicht dabei war, den Verstand zu verlieren. Möglicherweise war die Bedrohung, die das *Baarl* darstellte, nicht nur körperlicher Natur. Er hatte einen Blick in seine Welt geworfen; eine Welt, die seiner eigenen entfernt ähnelte und ihr doch zugleich unendlich fremd war. Schon der Versuch, diese Welt wirklich wahrzunehmen oder gar zu verstehen, war Wahnsinn. Das *Baarl* entstammte einer anderen Welt, einem anderen Begreifen. Die Kreatur der Vorzeit war die Gestalt gewordene Verneinung jeglichen Lebens; ihre Gegenwart schloß die von Leben aus, so wie das Wasser kein Feuer duldete.

Er spürte, wie sich seine Gedanken schon wieder zu verwirren begannen, und verscheuchte die Bilder hastig, die aus seiner Erinnerung auftauchen wollten. Es gab Wichtigeres, über das er nachzudenken hatte.

Garth zum Beispiel.

Er sah auf, und für einen Moment glaubte er Garth so deutlich vor sich zu sehen, als wäre er noch da: Das breitflächige, markante Gesicht des Diebes war bar jeden Ausdruckes, aber er hielt Torians

Blick ruhig stand. Dann zerplatzte die Illusion, und zurück blieb ein bitterer Geschmack in seinem Mund. Aber sonst nichts. Torian versuchte, Zorn oder wenigstens Enttäuschung zu empfinden, aber es gelang ihm nicht. Er konnte Garth viel zu gut verstehen; vielleicht hätte er an seiner Stelle nicht anders gehandelt. Ein einziger Blick in das schreckensbleiche, eingefallene Gesicht des Diebes hatte ihm gezeigt, wie sinnlos jeder Versuch gewesen wäre, ihn umzustimmen. Und er hatte es im Grunde auch nicht gewollt, nicht wirklich. Er hatte kein Recht dazu.

Es war eine Stunde her, daß Garth Wasser und Proviant für einige Tage in seine Satteltaschen gepackt hatte und davongeritten war. Er hatte Torian geradezu angefleht, ihn zu begleiten, obwohl auch er gewußt haben mußte, daß es unmöglich war. Sie hatten sich umarmt und verabredet, sich später in einer bestimmten Gaststätte in Armar zu treffen, falls es für sie beide ein *Später* geben sollte. Für Torian ganz besonders.

Erst nachdem Garth aufgebrochen war, wurde Torian wirklich bewußt, wie sehr er sich an den Dieb gewöhnt hatte, obwohl sie sich erst kurze Zeit kannten. Die gemeinsam erlebten Gefahren hatten sie zusammengeschweißt, viel mehr, als ihnen beiden bis zu diesem Moment klargeworden war. Der gutmütige Hüne war zu seinem Freund geworden; ja, beinahe so etwas wie einem Bruder. Sein Weggehen tat weh, beinahe körperlich weh. Torian hatte oft gespürt, was es hieß, einsam zu sein – aber noch niemals so deutlich wie in der vergangenen Stunde. Tief in ihm schien eine Wunde zu klaffen, tiefer und schmerzhafter, als jedes Schwert sie zu schlagen vermochte.

Sie hatten sich verabredet, aber sie hatten beide gewußt, daß es nur eine fromme Lüge war. Torian spürte, wie ihm Tränen in die Augen stiegen. Wütend kämpfte er dagegen an. Er war zu stolz, seine Trauer auf diese Art zu zeigen, und es war auch nicht die rechte Zeit für sentimentale Anwandlungen.

Sein Blick glitt über die Gesichter der anderen. Shyleen hatte ihre

Selbstsicherheit inzwischen zurückgewonnen, wenn sie auch nicht in ihre abweisende, arrogante Haltung zurückgefallen war. An ihren Schläfen zuckte ein Nerv und verriet die Nervosität, die sie so entschlossen aus ihrem Gesicht vertrieben hatte. Torian lächelte. Es tat sonderbar gut, an dieser unnahbaren Frau so etwas wie Schwäche zu entdecken.

Salamir wirkte ruhig und gefaßt wie zuvor, aber das unstete Flackern in seinen Augen machte deutlich, daß auch seine Ruhe nur eine Maske war, die nicht über seinen wahren Seelenzustand hinwegzutäuschen vermochte.

Torian räusperte sich, als das Schweigen unangenehm zu werden begann.

»Was… was ist mit dem *Baarl* passiert?« fragte er mühsam. »Ist es… vernichtet?« Er hatte *tot* sagen wollen, aber das Wort erschien ihm lächerlich bei einer Kreatur, die gar nicht wirklich lebte.

Salamir schüttelte den Kopf.

»Nein. Es wollte dein Blut. Dadurch haben wir es verwunden können – es ist nicht sonderlich intelligent, weißt du? Aber es wird sich erholen und deine Witterung neu aufnehmen.«

»Und es wird ziemlich übler Laune sein«, fügte Shyleen hinzu.

Torian und ihr Vater ignorierten sie. »Vielleicht«, fuhr Salamir fort, »schon morgen, vielleicht erst in einem Monat oder einem Jahr. Es hat mehr als ein Jahrtausend geschlafen, bis es durch den Fluch erweckt wurde. Dadurch besaß es noch nicht seine volle Stärke.« Er seufzte und sah Torian sehr ernst an. »Sonst hätten wir ihm nichts anhaben können.«

»Noch nicht seine volle Stärke?« wiederholte Torian. Es hatte spöttisch klingen sollen, aber er hörte selbst, daß es eher wie ein verzweifelter Aufschrei klang. »Ich habe niemals etwas Ähnliches erlebt. Diese Kreatur ist ein… ein Gott!«

»Kein Gott«, widersprach Shyleen leise. »Ein niederes Geschöpf, mehr nicht, noch nicht einmal die stärkste Kreatur, über die die Schwarzen gebieten. Vielleicht begreifst du jetzt, warum ich aus dem Tempel fliehen mußte.«

»Ich begreife gar nichts«, knurrte Torian. Der Schmerz ließ ihn bösartiger werden, als er selbst wollte. Und auch wenn er wußte, daß es nicht richtig war, seine Verbitterung auf diese Art abzureagieren, erleichterte es, zumindest ein bißchen.

»Ich weiß nur, daß ich ein Narr war, nicht mit Garth fortzureiten. Ihr sagt selbst, daß ihr mir nur eine kurze Atempause verschaffen konntet, die ich auch hätte, wenn ich weitergeflohen wäre. Ich weiß beim besten Willen nicht, wieso ich immer noch hier bin.«

»Es hat keinen Sinn zu streiten, auch wenn ich deine Verbitterung verstehen kann«, murmelte Shyleen.

»Ach, kannst du das?«

Das Mädchen schüttelte wütend den Kopf und warf ihm einen undeutbaren Blick zu, schwieg aber. Dafür ergriff Salamir das Wort.

»Wenn Shyleen den Schwarzen in die Hände fiele, hätten sie die Macht, Hunderte solcher Kreaturen wie das *Baarl* zu erschaffen«, erklärte er gleichmütig. »Du verstehst immer noch nicht, Torian.«

»Was verstehe ich nicht?« fragte Torian betont.

»Deine Rölle in diesem Spiel«, erklärte Salamir ungerührt. »Du hast zwei von ihnen getötet.«

»Und?«

»Sie können nicht zulassen, daß das geschieht«, sagte Shyleen. »Ebensowenig, wie sie zulassen können, daß jemand wie ich ihnen trotzt.«

»Und wieso nicht?« fragte Torian.

»Die Schwarzen«, erklärte Salamir geduldig, aber auch mit großer Eindringlichkeit, »sind Menschen wie du und ich, Torian. Menschen, die sich der Magie verschrieben haben, und zwar ihrer dunklen, zerstörerischen Seite. Oh, sie sind nicht unsterblich – im Gegenteil. Sie bringen sich gegenseitig um, verbrennen bei ihren Experimenten, werden von Dämonen zerrissen, in fremde Dimensionen geschleudert oder in Steine verwandelt... Aber noch nie hat es ein normaler Mensch gewagt, die Hand gegen sie zu erheben. Sie können nicht zulassen, daß das geschieht.«

»Du meinst, sie...«

»... werden ein Exempel an dir statuieren, ganz genau«, führte Salamir den Satz zu Ende, als Torian nicht weitersprach. »Und an Shyleen.« Er seufzte. »Sie haben schon längst begonnen, erneut nach der Herrschaft über ganz Caracon zu greifen, nachdem ihnen Tremon mittlerweile schon gehört.« Er lächelte und machte eine beschwichtigende Geste, als Torian auffahren wollte. »Ich weiß, daß sie offiziell nur geduldet und um Rat und Beistand gebeten werden, aber auch du weißt, wie die Wirklichkeit aussieht. Die Schwarzen sind zu einem Machtfaktor geworden, an dem kein Herrscherhaus mehr vorbei kann, und nun haben sie begonnen, ihre Hand wieder nach Scrooth auszustrecken. Was glaubst du, aus welchem Grund der ganze unselige Krieg sonst geführt wird? Sie wollen Caracon, und sie werden es bekommen, denn sie sind viel zu mächtig, um sich mit weniger als dem Ganzen zufriedenzugeben. Aber auch das ist nur ein Teil ihres Planes. Sie legen es darauf an, die Schrecken der Vergangenheit zu neuem Leben zu erwecken. Die Vorbereitungen laufen schon lange. Wie viele andere Priesterinnen an verschiedenen Orten ist Shyleen schon von Kindheit an darauf vorbereitet worden, die entscheidenden Beschwörungen zu vollziehen, und der Zeitpunkt ist nun in greifbare Nähe gerückt. Der Tempel des Toten Gottes ist nur einer ihrer Stützpunkte. Vielleicht könntest du der Gefahr für den Augenblick entfliehen, wenn du mit Garth gingest, aber vielleicht wird der Tag, an dem du diesen Entschluß bereuen wirst, schneller kommen, als du jetzt glaubst. Du stellst eine unverantwortliche Gefahr für sein Leben dar, und sosehr ich es auch bedauere, es ist aus seiner Sicht richtig gewesen, zu gehen.«

Er brach ab, um Atem zu schöpfen, und für Augenblicke trat ein sehr sonderbarer Ausdruck auf sein Gesicht. Er schien weit, weit fort zu sein. Selbst seine Stimme klang verändert, als er fortfuhr: »Genau wie ich wissen auch die Schwarzen, wer dich nach Rador begleitet hat, und irgendwann werden sie sich wieder daran erinnern. Aber so lange ist er in Sicherheit.«

»Wo liegt der Tempel?« Torian wechselte so abrupt das Thema, daß wohl auch Salamir spüren mußte, daß er nicht über Garth sprechen wollte.

Statt einer direkten Antwort stand Shyleen auf und trat ans Fenster. Torian folgte ihr. Im Osten waren ganz schwach und undeutlich die Gipfel der Berge zu sehen; finstere Schemen gegen das Schwarz des Nachthimmels.

»Einer der Berge sieht aus wie ein schlankes Horn«, erklärte sie mit einer Geste in die Dunkelheit. »Der Tempel liegt in einem Tal an seinen südlichen Ausläufern. Es gibt mehrere verborgene Zugänge zu diesem Tal. Die Priester fühlen sich so sicher, daß die meisten nicht bewacht werden. Es ist nicht weit.« Sie überlegte einen Moment. »Kaum einen Tagesritt von hier.«

»Einen Tagesritt«, murmelte Torian verwirrt. »Das ist doch Irrsinn. Warum seid ihr hiergeblieben? Dies ist ein offener Hof, der sich kaum verteidigen läßt, keine Festung. Warum wartet ihr hier auf die Schwarzen, statt zu fliehen?«

»Fliehen?« Shyleen lachte unecht. »Wohin denn?«

»Wir halten uns seit fast zwei Wochen hier versteckt«, fügte ihr Vater hinzu, »und man hat uns nur deshalb noch nicht gefunden, weil man nicht damit rechnet, daß wir so nahe sind. Wenn du dich vor einer Spinne verstecken willst, dann tu es in ihrem Netz, Torian. Noch sind nur die Priester hinter uns her, weil sich kein Schwarzer in der Nähe aufhält. Würden wir fliehen, liefen wir ihnen nur in die Arme.«

Shyleen nickte und übernahm wieder das Wort. Seltsam – aber für einen Moment hatte Torian das ganz bestimmte Gefühl, daß die beiden nicht einfach nur so dahinredeten, sondern sich wie geschickte Jongleure die Bälle zuwarfen. Ihre Antworten kamen ihm so einstudiert vor, als hätten sie die Fragen gekannt. Aber vielleicht hatten sie es auch. Es war sicher nicht sehr schwer, sie zu erraten. »Wir hatten

gehofft«, sagte Shyleen, »lange genug unentdeckt zu bleiben. Aber ich spüre, daß sie uns gefunden haben. Die Priester werden kommen, noch in dieser Nacht. Es gab keine Möglichkeit zu fliehen.«

»Aber hier bringt ihr Kalaar und seine Leute in Gefahr«, sagte Torian anklagend. »Wie viele Menschen leben auf dem Hof? Dreißig? Vierzig? Es sind Frauen und bestimmt auch Kinder dabei. Garth und ich konnten wenigstens noch wählen, aber ihnen bleibt nicht einmal diese Möglichkeit.«

»Wir werden nicht länger bleiben, als unbedingt nötig ist«, antwortete Shyleen, ein wenig schärfer und in einer Art, die deutlich machte, daß sie es beinahe als Zumutung empfand, über das Schicksal dieser *Bauern* nachdenken zu sollen. Der schwache Funken von Sympathie, den Torian gerade erst in sich entdeckt hatte, erlosch wieder.

»Auch ich habe einflußreiche Freunde und warte nur auf eine Nachricht, die über unser weiteres Vorgehen entscheidet«, fügte Salamir hinzu. »Diese Menschen hier sind nicht das, was...«

Er brach ab, als sich polternde Schritte der Tür näherten. Ohne anzuklopfen kam Kalaar in den Raum gestürmt. »Sie sind da«, sagte er.

Torian sah abermals aus dem Fenster. Der Hof hatte sich vollkommen verändert, in dem kleinen Moment, in dem er abgelenkt gewesen war. Überall waren Feuer entfacht worden, und die Nacht war fast taghellem gelbem Flammenschein gewichen. Von Kalaars Leuten war niemand zu sehen, aber Torian wußte, daß sie den Angriff aus der Deckung der gegenüberliegenden Gebäude heraus erwarteten.

Für einen Moment empfand er Zorn auf Salamir, daß er ihn nicht um Hilfe gebeten hatte. Von allen hier war er der einzige, der Erfahrung im Kämpfen hatte, und der einzige, der so etwas wie eine Gegenwehr hätte organisieren können.

Aber wozu auch?

Von allen hier wußte er auch am besten, wie sinnlos ihr Widerstand sein mußte. Mit einem Dutzend kampferfahrener Krieger hätte er den Hof auch gegen eine dreifache Übermacht halten können, aber *diese* Verteidigung würde schon beim ersten Angriff zusammenbrechen, selbst wenn sich kein Magier unter ihren Feinden befand.

Shyleen deutete stumm nach Norden, und Torians Blick folgte der Geste. Im ersten Moment sah er nicht viel, denn er hatte den Fehler begangen, direkt in die Flammen zu blicken, aber nach einigen Augenblicken erkannte er doch, worauf sie ihn hatte aufmerksam machen wollen:

Eine in der Dunkelheit schwer zu schätzende Anzahl dunkler Umrisse hatte sich etwa zweihundert Meter vor den Gebäuden versammelt und rückte langsam näher; eine kleine Armee konturloser Schatten, die sich nur durch ihre Bewegung verrieten und durch ein gelegentliches mattes Funkeln von geschwärztem Metall, wenn sich ein Lichtstrahl auf einem Helm oder Harnisch brach.

Einer dieser Schatten kam etwas rascher näher, während die anderen zurückblieben. Als er in den Lichtschein der Feuer geriet, erkannte Torian einen Hünen von mehr als sechs Fuß Größe, der von Kopf bis Fuß in eine dunkle Rüstung aus entweder besonders mattem Metall oder besonders glänzendem schwarzem Leder gekleidet war.

»Die Tempelwache«, erklärte Salamir ohne besondere Betonung. Torian hatte nicht einmal bemerkt, daß er zu ihm und Shyleen ans Fenster getreten war. »Sie besteht aus fünfzig ausgewählten Kriegern.«

»Ach, nur fünfzig«, sagte Torian sarkastisch. »Kein Problem – die schalte ich im Handumdrehen aus. Wärst du vielleicht so freundlich, hinunterzugehen und sie zu bitten, einzeln hereinzukommen? Und unbewaffnet?«

Salamir blieb ernst. »Es sind bestimmt nicht alle«, sagte er, wenn auch mit einer Stimme, die verriet, daß dies weitaus mehr

Wunsch als Überzeugung war. »Mindestens zehn Mann werden im Tempel zurückgeblieben sein.«

»Das ist ungemein tröstlich«, versetzte Torian. »Was sind schon vierzig Gegner für einen Mann wie mich?«

Diesmal antwortete Salamir gar nicht mehr, sondern blickte gebannt auf den Hof hinab. Der Krieger zügelte sein Pferd und verharrte in der Mitte des Hofes. Trotz des herabgelassenen Visiers glaubte Torian zu erkennen, wie sein Blick mißtrauisch über die Gebäude glitt. Er konnte den Mann gut verstehen – wäre *er* an seiner Stelle gewesen, hätte er eine Falle vermutet. Der schwarzgekleidete Hüne war entweder besonders mutig oder besonders dumm. Vielleicht von beidem etwas – eine besonders gefährliche Mischung.

»Ich spreche im Auftrag des Oberpriesters Cuul!« rief er plötzlich. Seine Stimme drang nur dumpf und verzerrt aus dem geschlossenen Helm, aber Torian erkannte trotzdem den befehlsgewohnten, herrischen Klang, den er schon in zahllosen Stimmen gehört hatte.

»Ich weiß nicht, wer ihr seid«, fuhr der Maskierte fort. »Und es interessiert mich auch nicht. Ihr seht die Krieger, die ich mitgebracht habe, Bauernpack! Gebt die Tempelpriesterin heraus, dann wird euch nichts geschehen. Anderenfalls machen wir den Hof dem Erdboden gleich.«

»Was sie so oder so tun werden«, murmelte Shyleen. »Cuul kann keine Zeugen gebrauchen. Noch müssen sie den Schein wahren. Außerdem macht es ihm Spaß zu töten.« Sie ballte die Faust. »Er ist so grausam wie seine schwarzen Herren.«

Hinter der nur angelehnten Scheunentür bewegte sich ein Schatten. Metall blitzte, und Torian fuhr erschrocken zusammen.

Dann ging alles so schnell, daß er nicht einmal Zeit gefunden hatte, eine Warnung zu rufen, wenn er gewollt hätte. Gleich drei Pfeile sirrten aus kleinen, schießschartenähnlichen Öffnungen in der Wand des Stalles, der dem Hauptgebäude gegenüberlag. Zwei verfehlten den Krieger, der dritte schrammte über seinen Harnisch und glitt wirkungslos an dem stahlharten Panzer ab. Mit einem harten Ruck an den Zügeln riß der Mann sein Pferd herum und preschte davon.

»Diese Narren!« rief Torian wütend. »Sie werden uns alle umbringen!«

Wie um seine Worte noch zu unterstreichen, sirrte ein weiterer Pfeil hinter dem gepanzerten Reiter her. Auch er prallte wirkungslos von dessen nachtfarbener Rüstung ab – aber der zersplitterte Schaft traf den Hals des Pferdes und ließ das Tier vor Schmerz auf die Hinterläufe steigen. Sein Reiter schrie auf, verlor durch den plötzlichen, harten Ruck den Halt im Sattel und prallte mit furchtbarer Wucht auf dem steinharten Boden auf. Das Pferd stob mit schmerzerfülltem Kreischen davon, aber sein Reiter blieb reglos liegen. So unglücklich, wie er gefallen war, mußte er sich das Genick gebrochen haben.

»Neununddreißig«, sagte Salamir ungerührt.

Torian starrte ihn an. »Das freut dich, wie?« fragte er.

Salamir schnaubte. »Ja«, gestand er unverblümt. »Das da unten ist Krieg, du Held – nur, falls du es noch nicht bemerkt hast. Jeder dieser Kerle dort draußen würde uns mit Vergnügen umbringen. Ich habe dich für weniger empfindlich gehalten. Wie viele Feinde hast du schon getötet?«

»Viele«, sagte Torian kalt. »Vielleicht zu viele. Aber das da war Wahnsinn. Sie werden keinen von Kalaars Männern am Leben lassen, ist dir das klar?«

»Und?« fragte Salamir kalt. »Die Welt wird sich weiterdrehen, ob dieses Bauernpack lebt oder nicht.«

Torian schwieg, obwohl es viel gab, was er dem Magier hätte antworten können. Vielleicht hatte Salamir sogar recht, von seinem Standpunkt aus. Es ging nur noch ums nackte Überleben, um sonst nichts. Er wünschte sich, Garth wäre hier.

Aus brennenden Augen starrte er in die Nacht hinaus. Die Krieger waren nicht näher gekommen, aber die Schatten dort am Rande der Wüste waren in unruhige Bewegung geraten. Sie würden angreifen, das spürte er. Und wenn sie auch nur halb so gefährlich waren, wie Salamir behauptete, hatten sie keine besonders guten Aussichten, die nächste halbe Stunde zu überleben.

Torian versuchte sich in die Lage des Oberpriesters zu versetzen. Die Krieger wußten nicht, wo sich Shyleen befand. Sie mußten den Hof stürmen, ohne daß ihr etwas zustieß, und das verschaffte ihnen wenigstens einen kleinen Vorteil. Zumindest würden die Tempelwachen den Hof nicht einfach anzünden und in aller Ruhe zusehen, wie er niederbrannte – mit allem, was darin war. Er fragte sich, wie er an ihrer Stelle vorgehen würde.

Die Antwort war simpel. Und er brauchte sie sich nicht einmal auszudenken – er bekam sie vorgeführt.

Mehr als die Hälfte der Reiter stürmte heran, in einer schnurgeraden Linie und sehr schnell, tief über die Hälse ihrer Pferde gebeugt, die kleinen, runden Schilde halb gehoben und mit angelegten Speeren, wie eine Walze aus Fleisch und Stahl, von der die Pfeile der Verteidiger einfach abprallten – zumindest die wenigen, die überhaupt trafen.

Torians Hand glitt zum Schwert, aber Shyleen schüttelte rasch den Kopf. »Nicht«, flüsterte sie. »Heb dir das auf – wir haben noch ein paar kleine Überraschungen auf Lager.«

Die Angreifer hatten den Hof fast erreicht, als der Boden vor ihnen explodierte. Mit gespenstischer Lautlosigkeit schoß eine Fontäne aus Sand und Staub und kleinen Steinen in die Höhe. Zwei, drei Reiter wurden wie von einer unsichtbaren Faust getroffen und aus den Sätteln geschleudert, und zwei oder drei andere stürzten schreiend und zusammen mit ihren Tieren in den mannsbreiten Spalt, der plötzlich vor ihnen im Boden klaffte.

Trotzdem geriet der Angriff nicht wirklich ins Stocken. Die Reiter trieben ihre Pferde nur noch mehr an und setzten mit weiten Sprüngen über die Erdspalte hinweg.

Ein wahrer Pfeilhagel schlug ihnen entgegen, doch die Geschosse prallten wirkungslos an ihren Rüstungen ab. Die kleine Armee erreichte den Hof, fächerte auseinander und bot plötzlich kein sicheres Ziel mehr. Geschmeidig wie Raubtiere sprangen die Männer aus den Sätteln, glitten auf die Scheunen und Ställe zu. Einer von ihnen fiel, als ein Pfeil seine einzige verwundbare Stelle traf; den schmalen, ungepanzerten Streifen zwischen Helm und Harnisch. Zwei weitere stolperten scheinbar ohne ersichtlichen Grund und blieben reglos liegen, aber die Übermacht war einfach zu erdrückend. Holz splitterte, als zwei der Gepanzerten die Scheunentür einschlugen, und plötzlich klirrte Metall. Ein gellender Schrei zerriß die Stille der gespenstischen Schlacht.

»Verdammt, worauf warten wir?« fauchte Torian. Wieder griff er zum Schwert, und wieder wollte ihn Shyleen zurückhalten. Diesmal schüttelte er ihre Hand einfach ab und fuhr herum, um zur Tür zu eilen. Aber er führte die Bewegung nicht zu Ende, denn plötzlich begriff er, daß dieses entsetzliche Gemetzel dort draußen nichts als ein weiterer Teil von Salamirs Plan war. Kalaars Männer sollten sterben, um Salamir ein paar Minuten Zeit zu verschaffen, und vermutlich war ihm selbst genau die gleiche Rolle zugedacht. Eine Woge kalten Zornes packte ihn.

Draußen strebte der Kampf rasch seinem Höhepunkt entgegen. Das Klirren von Metall und gellende Todesschreie drangen an Torians Ohren. Er war beinahe dankbar, daß er nicht mit ansehen mußte, was in den Ställen und Scheunen geschah, aber er wußte es auch so. Die Geräusche waren deutlich genug. Das dort war kein Kampf, sondern ein Gemetzel. Schlimmer noch – ein Abschlachten, ein Massaker. Kalaars Männer hatten gegen Cuuls Krieger nicht den Hauch einer Chance, und auch die restlichen Reiter näherten sich nun dem Hof. Sie beeilten sich nicht einmal besonders.

Torian ballte die Fäuste und fuhr herum. Shyleen hatte sich an die Wand zu seiner Rechten gepreßt. Ihr Gesicht wirkte grau und eingefallen. Sie zitterte. Schweiß stand ihr auf der Stirn, und ihre Lippen flüsterten lautlose Worte.

»Warte«, flüsterte Salamir. Seine Stimme zitterte, und auf seinen zerfurchten Zügen lag der Ausdruck höchster Konzentration. Seine Augen waren matt wie die eines Toten. »Ich brauche ... nur noch Sekunden.«

Torian drehte sich wortlos herum, hob seinen Helm vom Boden auf und streifte ihn über. Mit weit ausgreifenden Schritten durchquerte er das Zimmer.

»Was hast du vor?« rief Shyleen erschrocken. Sie versuchte ihm in den Weg zu treten, aber Torian stieß sie einfach beiseite. Bislang hatte noch niemand den Versuch unternommen, in das Hauptgebäude einzudringen. Er wußte nicht, ob dahinter eine Taktik steckte, oder ob Salamir dafür verantwortlich war. In jedem Fall würde auch dies sie nicht lange retten. Torian wußte, daß er sterben würde, so oder so, aber es war besser, dort unten mit dem Schwert in der Hand den Tod zu finden, als sich hier oben zu verkriechen und tatenlos auf das Ende zu warten. Und er ertrug dieses sinnlose Abschlachten einfach nicht mehr. Mit einer Ruhe, die er selbst nicht ganz verstand, öffnete er die Tür, ging ins Erdgeschoß hinunter und trat aus dem Haus, ganz langsam, aber mit kampfbereit erhobenem Schwert.

Zum ersten Mal sah er Cuul persönlich.

Umgeben von einem halben Dutzend Wachen, die er fast um Haupteslänge überragte, ritt der Oberpriester auf den Hof. Ein silberfarbener Umhang lag um seine Schultern. Er trug als einziger keinen Helm, und Torian konnte sehen, daß sein Schädel kahlgeschoren war.

Cuuls Gesicht war kantig und scharfgeschnitten; es war unmöglich, sein Alter zu schätzen. Die Lippen hatte er zu einem dünnen, blutleeren Strich zusammengepreßt, die Mundwinkel wiesen nach unten und verliehen seinem Gesicht einen grausamen und zynischen Zug. Aus kalten Augen sah er sich um. Torian hielt nicht viel von vorschnellen Urteilen – aber wenn er je einen Menschen getroffen hatte, der ihm auf Anhieb unsympathisch war, so war das Cuul.

Ein völlig irrsinniger Plan nahm in Torian Gestalt an. Er wußte, daß er es nicht schaffen würde – nicht schaffen *konnte* –, aber wenn er schon sterben sollte, würde er wenigstens noch ein paar von ihnen mitnehmen. Und seinem Tod wenigstens noch einen *Anschein* von Sinn verleihen.

Bislang hatten weder Cuul noch einer seiner Krieger ihn entdeckt, obwohl Torian vollkommen deckungslos unter dem hellerleuchteten Eingang stand, was sonderbar genug war. Cuuls schwarze Männer waren viel zu sehr damit beschäftigt, Kalaars Männer abzuschlachten.

Er holte noch einmal tief Luft, packte sein Schwert mit beiden Händen und rannte los.

Natürlich schaffte er es nicht.

Er hatte noch nicht einmal ein Drittel der Distanz überwunden, als die Krieger ihn bemerkten. Die Leichtigkeit, mit der sie die anderen Verteidiger hatten niedermachen können, ließ sie leichtsinnig werden. Sie rechneten nicht mehr mit ernsthaftem Widerstand. Zwei der Krieger trieben ihre Pferde an und hoben die Schwerter, aber ihre Bewegungen wirkten fast desinteressiert. Wahrscheinlich hielten sie ihn für einen wehrlosen Bauerntölpel.

Torian belehrte die beiden Reiter eines Besseren – den einen mit einem Schwerthieb gegen die Seite, der zwar seinen Harnisch nicht durchschlug, ihm aber mindestens zwei Rippen brach und ihn aus dem Sattel schleuderte, den anderen mit einem blitzschnellen Griff in die Zügel und einem noch schnelleren, harten Ruck, der das Pferd in die Knie brechen ließ – mit dem Ergebnis, daß sein Reiter etwas schneller und auf andere als die gewohnte Art aus dem Sattel stieg: nämlich kopfüber und mit einem dreifachen Salto.

Torian rannte weiter.

Für einen Moment traf sein Blick den Cuuls. Er las keine Furcht in den Augen des Oberpriesters, nur etwas wie Überraschung, vielleicht auch ein blitzartiges Erschrecken, das sofort wieder verschwand. Die Hand des Oberpriesters machte eine rasche, eindeutige Bewegung. Zwei Schatten lösten sich aus der Phalanx seiner

Wächter und sprengten auf Torian zu. Und diesmal waren die Reiter gewarnt.

Aber damit hatte Torian gerechnet. Er versuchte gar nicht, sie anzugreifen, sondern sprang in einem unberechenbaren, vollkommen willkürlichen Zickzack hin und her, tauchte unter einem Schwertstreich hindurch und fing einen weiteren Hieb mit seiner eigenen Klinge ab. Ein Fußtritt traf ihn an der Schulter und schleuderte ihn zur Seite, aber er taumelte einfach weiter, riß einen dritten Mann durch die pure Wucht seines ungestümen Aufpralls aus dem Sattel und war Cuul plötzlich ganz nahe. Plötzlich trennten ihn nur noch zwei Schritte von dem glatzköpfigen Riesen.

Fast hätte er es sogar geschafft.

Er sah die Bewegung im letzten Augenblick in den Augenwinkeln und an einer Stelle, an der eine Zehntelsekunde zuvor ganz bestimmt niemand gestanden hatte. Mit einem fast grotesken Hüpfer sprang er mitten im Schritt herum, sah ein Schwert auf sich herabfahren und brachte seine eigene Klinge im buchstäblich allerletzten Moment hoch.

Ob der Krieger nun real war oder nicht – sein Schwert war es. Die Wucht des Hiebes hätte Torian um ein Haar die Klinge aus der Hand geprellt. Ein furchtbarer Ruck fuhr durch seinen Arm und lähmte ihn für Sekunden.

Der Krieger knurrte triumphierend, und Torian wechselte die Waffe blitzschnell in die linke Hand. Seine Klinge kam hoch, vollführte eine blitzschnelle, komplizierte Drehung um das Schwert des anderen herum und bohrte sich knirschend durch seinen Brustpanzer. Der Tempelkrieger sackte lautlos in sich zusammen.

Und ein furchtbarer Schlag traf Torians Hinterkopf.

Ohne den Helm hätte er ihm wahrscheinlich den Schädel zerschmettert. So zwang er ihn nur in die Knie, aber für die Dauer von zwei, drei Herzschlägen war er völlig wehrlos. Jeder der Reiter hätte ihn niederstrecken können.

Sie taten es nicht.

Statt dessen zogen sie sich sogar ein Stück zurück und stiegen von ihren Pferden. Cuul lachte leise.

Torian stemmte sich mühsam hoch, versuchte die roten Schmerzringe vor seinen Augen wegzublinzeln und hob das Schwert, das mit einem Male Zentner zu wiegen schien. Cuuls Gestalt bog und verzerrte sich vor seinem Blick, die Nacht um ihn herum war voller Bewegung und hin und her huschender Schatten. Er wartete auf den tödlichen Hieb.

Aber der kam nicht.

Torian begriff, daß sie mit ihm spielten. Sein unerwarteter Widerstand hatte sie überrascht, aber er war kein wirklicher Gegner für Cuuls Krieger. Nur ein weiteres Opfer, das durch seine erbitterte Gegenwehr ihr Interesse weckte. Sie würden eine Weile mit ihm spielen und ihn dann töten, wenn er ihnen zu langweilig wurde. Wie die Katzen eine Maus, an der sie das Interesse verloren.

Er blockte einen Schlag ab und stach zu, aber der Mann war bereits zurückgesprungen; sein Stich ging ins Leere. Ein höhnisches Lachen drang unter dem Helm des Kriegers hervor.

Torian konnte sich im letzten Moment unter einem waagerecht geführten Streich wegducken, der ihm glatt den Kopf von den Schultern getrennt hätte, wich einem halbherzig geführten Lanzenstoß aus und versuchte den Speer zu packen, führte die Bewegung aber nicht zu Ende, sondern wich hastig einer heranwirbelnden Axt aus, die mit einem saugenden Geräusch vor ihm in den Boden fuhr. Er ließ sich fallen, rollte zweimal blitzschnell um die eigene Achse und trat nach dem Knie eines anderen Mannes. Der Krieger war nicht darauf gefaßt und verlor den Halt, doch sofort war ein anderer zur Stelle und hob schützend seinen Schild.

Torian quälte sich auf die Beine. Sein Herz raste. Er hatte es jetzt nur noch mit zwei Angreifern zu tun – die anderen hatten sich zurückgezogen und bildeten einen weiten, aber undurchdringbaren Kreis um Torian und die beiden Krieger, wie eine lebende Arena. Selbst wenn er diese beiden besiegte, dachte Torian verzweifelt,

hatte er keine Chance. Die Krieger spielten Katz und Maus mit ihm. Er wußte, daß er den ungleichen Kampf nur wenige Sekunden lang würde durchhalten können. Die herabgelassenen Visiere verdeckten die Gesichter der Männer, so daß er keine Gefühlsregung erkennen konnte, aber er glaubte zu spüren, daß sie die Lust an dem Kampf bereits verloren. Vielleicht, dachte er, hatten sie auch gemerkt, daß sie sich eine besonders bissige Maus ausgesucht hatten, die ihnen gefährlich werden konnte.

Lauernd umkreisten sie ihn. Von irgendwoher drang Hufschlag an sein Ohr, aber er nahm ihn kaum wahr, denn die Krieger griffen im selben Moment wieder an – und diesmal gleichzeitig, aus entgegengesetzten Richtungen. Beide waren gleichstarke Gegner, so daß er sich nur willkürlich einem zuwenden konnte und dem zweiten den Rücken zuwenden mußte.

Es gelang ihm, den ersten Hieb zu parieren. Er ließ seine Klinge an der seines Gegners vorbeischarren, sprang vor und streckte den Mann mit einem Faustschlag zu Boden, wobei er ganz bewußt in Kauf nahm, daß dessen Schwert ihn an der Schulter traf. Die Klinge fuhr durch sein Kettenhemd und bohrte sich in sein Fleisch. Seine Schulter schien in Flammen aufzugehen. Die Wunde war weder besonders tief noch besonders gefährlich, aber sie schmerzte höllisch.

Mit einem Aufschrei warf sich Torian zur Seite und hieb noch im Fallen nach dem zweiten Krieger. Er traf nicht, aber der wuchtige Schlag trieb den Mann zurück. Taumelnd kam Torian wieder auf die Beine. Schmerz wühlte in seiner Schulter, und sein linker Arm war nun vollends gelähmt.

Der Hufschlag war näher gekommen. Auch wenn er wußte, daß jede noch so winzige Unachtsamkeit das Ende bedeuten konnte, blickte er auf –

und erstarrte.

In diesem Moment wäre er ein leichtes Opfer gewesen, doch auch sein Gegner wurde durch das unerwartete Erscheinen eines Fremden abgelenkt. Eine hünenhafte Gestalt mit einem wehenden roten

Umhang um die Schultern preschte auf den Hof und hielt direkt auf Cuul zu.

»Torian!« brüllte Garth und ließ sein Schwert wirbeln. »Paß auf!«

Gedankenschnell fuhr Torian herum. Er ahnte den Schwerthieb des Kriegers mehr, als er ihn sah, aber er besaß nicht mehr die Kraft, ihm vollends auszuweichen.

Und doch rettete die schnelle Bewegung ihm das Leben.

Die Klinge traf ihn nicht mit voller Wucht, sondern prallte nur mit der Breitseite gegen seinen Helm. Trotzdem war der Hieb hart genug, Torian abermals in die Knie brechen zu lassen. Er fiel, fing den Sturz ungeschickt mit dem unverletzten rechten Arm ab und erwartete den tödlichen Streich.

Doch der alles beendende Schmerz blieb auch diesmal aus. Statt dessen vernahm er einen gedämpften Schrei und sah die Hufe eines in rasendem Galopp vorbeipreschenden Pferdes direkt neben sich.

Dann fühlte sich Torian von einer unglaublich starken Hand hochgerissen und klammerte sich mit letzter Kraft an der Mähne des Pferdes fest, bevor die Welt um ihn herum endgültig in Dunkelheit versank.

Er konnte nicht lange bewußtlos gewesen sein, denn als er die Augen aufschlug, herrschte noch immer Nacht, und sein Herz raste wie ein wildgewordenes Hammerwerk. Es gab kaum eine Stelle an seinem Körper, die *nicht* weh tat.

Ruckartig richtete er sich auf – etwas, das er besser nicht getan hätte, wie er in derselben Sekunde begriff. Ein rasender Schmerz erwachte in seinem Schädel. Ein jäher Schwindelanfall ließ ihn zurücksinken, und als wäre das allein noch nicht genug, wurde ihm übel.

»Ganz ruhig«, sagte eine vertraute Stimme. »Es wird noch etwas dauern, bis du wieder Bäume ausreißen kannst, du Held.«

»Garth«, murmelte er. In seinem Kopf drehte sich alles. »Du bist zurückgekommen.«

»Sicher.« Der Dieb beugte sich grinsend über ihn. »Ich bin zwar verrückt, aber ich konnte dich schließlich nicht allein lassen. Man sieht ja, daß du nur Blödsinn anstellst.«

Torian lächelte pflichtschuldig, auch wenn es ihm schwerfiel, aber hinter seiner Stirn überschlugen sich die Gedanken. Außerdem gab es nicht viel, was er hätte sagen können.

Garth war zurückgekehrt, und das war alles, was jetzt zählte. Torian verspürte ein tiefes, warmes Gefühl von Dankbarkeit, etwas, das er ohnehin nicht in Worte hätte fassen können, ohne sich selbst albern vorzukommen. So atmete er nur ein paarmal tief durch und kämpfte den rasenden Kopfschmerz und die Übelkeit zurück, so gut er konnte.

Vorsichtig hob er die Hand und tastete seine Schläfe ab. Unter seinen Fingerspitzen fühlte er halb geronnenes, klebriges Blut und eine mächtige Beule.

»Kopfschmerzen?« fragte Garth hämisch.

Torian widerstand im letzten Moment der Versuchung zu nicken. »Ja«, sagte er gepreßt.

»Gut«, sagte Garth. »Immerhin – du hast noch etwas, was dir weh tun kann. Hätte dich die Klinge eine Handbreit tiefer getroffen, bräuchtest du dir über *Schmerzen* keine Sorgen mehr zu machen. Und ich hätte die Arbeit, dich zu begraben.«

Torian richtete sich erneut auf, langsamer und wesentlich vorsichtiger als beim ersten Mal. Erst jetzt – und auch jetzt nur langsam und bruchstückhaft – fielen ihm Einzelheiten des Kampfes wieder ein, und jetzt spürte er neben dem Kopfschmerz auch ein dumpfes, aber nicht mehr übermäßig schmerzvolles Pochen in seiner linken Schulter. Zugleich fühlte er den angenehmen Druck eines fest angezogenen Verbandes. Er mußte wohl doch länger geschlafen haben, als er bisher geglaubt hatte.

»Nur ein Kratzer«, erklärte Garth, der seinen Blick richtig deutete. »Du mußt wirklich einen verdammt aufmerksamen Schutzengel haben.«

»Wie lange war ich bewußtlos?« erkundigte sich Torian.

»Etwa drei Stunden.«

»Drei Stunden?! Aber dann...« Er verstummte, sah Garth einen Moment verwirrt an und blickte dann nach oben. Instinktiv erwartete er, Rauchwolken und den Widerschein eines Feuers zu sehen, das groß genug sein mußte, den halben Himmel in flammendes Rot zu tauchen. Er sah nichts.

»Was ist mit dem Hof?« fragte er verwirrt. »Cuul. Und... seine Krieger...?«

Garth stieg die wenigen Schritte zur Spitze des Hügels hinauf und bedeutete ihm mit einer knappen Geste, ihm zu folgen. Von der Kuppe aus deutete er ins Tal.

Torian stand unsicher auf und trat zu ihm. Er hatte damit gerechnet, das Gehöft zerstört zu sehen, den Naturgesetzen zum Trotz vielleicht doch schon niedergebrannt, vielleicht auch durch Magie dem Erdboden gleichgemacht, doch er irrte sich. Das Bild, das sich ihm und Garth bot, war geradezu absurd friedlich:

Nichts schien sich verändert zu haben; die Gebäude waren unversehrt, nur die bereits vor dem Beginn des Kampfes entfachten Feuer verbreiteten noch schwache, rote Glut, wenn sie auch deutlich niedergebrannt waren. Es war, als hätte der bizarre Kampf niemals stattgefunden, dachte er verstört.

»Und Shyleen?«

Torian sah den Dieb fast flehend an. Wider besseres Wissen nährte der Anblick des unversehrten Hofes für einen Augenblick seine Hoffnung, es wäre dem Magier doch noch gelungen, Cuuls Kriegern irgendwie zu entkommen. *Nur noch wenige Sekunden*, hatte der Magier geflüstert. Vielleicht hatte Torians Ausfall ihm diese wenigen Sekunden verschafft, die er brauchte. »Was ist mit Shyleen geschehen?«

Garth zuckte mit den Achseln. Er wich seinem Blick aus. »Sie haben sie mitgenommen. Unmittelbar nach unserer Flucht haben sie das Haupthaus gestürmt. Es hat lange gedauert, und als sie wieder herauskamen, war fast die Hälfte der Krieger tot. Aber sie hatten das Mädchen bei sich.« Er machte eine rasche, sehr bestimmte Handbewegung, als Torian ihn unterbrechen wollte, und fuhr mit erhobener Stimme fort:

»Nicht so schnell, Torian. Ich weiß, was du jetzt denkst – aber daraus wird nichts. Ich bin zurückgekommen, weil ich dich nicht im Stich lassen wollte. Weder Salamir noch dieses Mädchen interessieren mich. Du hast versucht, ihnen zu helfen, und du hast gesehen, was dabei herausgekommen ist. Aber bitte, du hast es versucht. Alles andere geht uns nichts an. Wir haben nichts mit ihnen zu tun.« Er schürzte kampflustig die Lippen. »Notfalls werde ich dich mit Gewalt daran hindern, noch einmal dein Leben für diese Verrückten aufs Spiel zu setzen.«

Torian schüttelte den Kopf. Er seufzte. »Ich fürchte, so einfach ist es nicht«, murmelte er. »Ich akzeptiere nicht, was Salamir getan hat, aber ich kann seine Gründe zumindest verstehen. Ich werde dir alles erklären, aber laß uns erst einmal zurückgehen.«

»Ich denke gar nicht daran, auch nur noch einen Fuß auf diesen Hof zu...«

»Wir müssen zumindest nachsehen, ob es Überlebende gibt, und wir vielleicht helfen können«, unterbrach ihn Torian. »Das ist das mindeste, was wir tun müssen.«

»Überlebende?« Garth lachte schrill. »Mach dich nicht lächerlich«, sagte er. »Da unten lebt nichts mehr.«

»Und wenn doch?«

Garth antwortete nicht. Ein paar Sekunden lang hielt er Torians Blick stand, dann wandte er wütend den Kopf, ging zu seinem Pferd, ergriff es am Zügel und folgte Torian den Hügel hinab.

Während sie sich dem Hof näherten, wiederholte Torian in allen Einzelheiten, was er von Salamir und Shyleen über die Bedeutung des Mädchens für die Pläne der Schwarzen Magier erfahren hatte – und auch über seine eigene Rolle in diesem Ringen uralter Mächte. Garth antwortete nichts darauf; sein Gesicht war verschlossen und ließ keine Gefühlsregung erkennen. Nur bei der Erwähnung des *Baarl* zuckte er kurz zusammen, dann hatte er sich wieder in der Gewalt.

Aber er sagte die ganze Zeit über kein Wort, und schließlich schwieg auch Torian. Seine Worte schienen von einer Mauer abzuprallen, und er begriff, daß Garth sich einfach weigerte, ihm wirklich zuzuhören.

Als sie das Gehöft erreichten, sah Torian, daß es nicht ganz so unverändert war, wie er im ersten Moment geglaubt hatte. Es war... keine direkt sichtbare Veränderung, aber sie war auch nicht zu übersehen. Es war ein schwer in Worte zu fassendes Gefühl, aber die Gebäude kamen ihm... anders vor. So gründlich er sich auch umsah, er konnte keine Einzelheiten entdecken, die diesen Eindruck auch nur irgendwie bestätigt hätten; es war fast nur ein Gefühl, als...

Ja, dachte er schaudernd, *fast, als wären die Gebäude selbst gealtert, verfallen – als hatte die Wirklichkeit winzige Risse bekommen, hinter denen sich eine andere, mit normalen menschlichen Sinnen kaum mehr wahrnehmbare Realität verbarg.*

Für einen Sekundenbruchteil glaubte er aus den Augenwinkeln eine verfallene, schon vor Jahren ausgebrannte Ruine zu erkennen, die die Stelle von Kalaars Hof einnahm, aber es war wie verhext – immer, wenn er genauer hinsah, erblickte er das Haupthaus wieder ganz genau so, wie er es kannte: ein sehr großes, sehr heruntergekommenes, aber keineswegs *zerstörtes* Gebäude.

Torian fuhr sich nervös mit der Hand über das Gesicht und warf Garth einen raschen Blick zu. Auch der Dieb sah sich immer wieder unbehaglich um und wandte ein paarmal zu oft und zu rasch den Kopf. Torian war fast sicher, daß er die unheimliche Veränderung ebenfalls spürte, die mit dem Hof vor sich gegangen war.

Aber vielleicht hatte seine Nervosität auch viel naheliegendere Gründe – zum Beispiel den, daß er nach verborgenen Angreifern Ausschau hielt.

Sie banden ihre Pferde mit den Zügeln aneinander, und Torian betrat den Kuhstall, nachdem er eine zersplitterte Holzlatte an einem der schwelenden Feuer entzündet und sich so eine primitive Fackel geschaffen hatte. Die Dunkelheit hier drinnen war vollkommen, aber der rötliche Feuerschein schuf einen kleinen Bereich blutfarbener Helligkeit, in dem er sehen konnte.

Seine Augen weiteten sich vor Überraschung.

Der Großteil von Kalaars Leuten hatte den Angriff hier erwartet, wie er selbst gesehen hatte. Und er hatte die Schreie der Sterbenden mit eigenen Ohren gehört.

Aber kein einziger Toter war zu entdecken. Keine Waffe, nicht einmal ein Blutfleck auf dem Boden. Nichts. Nicht die kleinste Spur eines Kampfes – geschweige denn des entsetzlichen Gemetzels, das hier stattgefunden hatte. Auch von den Tieren, die im hinteren Teil des Stalles zusammengepfercht gewesen waren, fehlte jede Spur.

»Das gibt es doch nicht!« murmelte Garth, der ihm dichtauf gefolgt war, wie er selbst mit einer brennenden Holzlatte bewaffnet. »In der Scheune...« Er brach ab, als er den leeren Stall sah. Fassungslos sah er sich um. Sein Gesicht verlor jede Farbe.

»Was ist in der Scheune?« fragte Torian. Er ahnte die Antwort.

Garth schüttelte verwirrt den Kopf. »Hier also auch«, murmelte er. »Das... das ist doch unmöglich. Was hat das zu bedeuten? Wo sind die Toten?«

Ratlos zuckte Torian mit den Achseln. Seit er den Hof zum ersten Mal gesehen hatte, wußte er, daß hier etwas nicht stimmte. Er hatte es seinen überreizten Nerven – und vielleicht auch Salamirs Wirken – zugesprochen, aber er begann zu ahnen, daß er der Wahrheit damit nicht ganz gerecht wurde. Da war noch etwas; ein Punkt, den er bislang außer acht gelassen hatte, ohne den er die einzelnen Teile des Mosaiks aber nicht zusammenfügen konnte. Und er hatte die Antwort fertig in seinem Kopf. Er konnte sie nur noch nicht aussprechen.

»Komm«, sagte er verwirrt. »Schauen wir drinnen nach.«

Nebeneinander verließen sie die Scheune und eilten auf das

Hauptgebäude zu. Die Tür war nur angelehnt. Torian zog sein Schwert, bevor er sie aufstieß und eintrat.

Auch die Halle sah noch ganz genauso aus, wie er sie in Erinnerung hatte. Offenbar hatten Cuuls Krieger auf jede Verwüstung verzichtet, aber das nahm Torian nur mit einem flüchtigen Blick wahr.

»Sind wir jetzt beide verrückt geworden?« murmelte Garth.

Torian gab keine Antwort. Die Halle war nicht leer, im Gegenteil. Es mußten mehr als dreißig Menschen sein, die sich darin aufhielten. Kalaar war da, ebenso wie seine Knechte und Mägde.

Alle seine Diener.

Auch die, die vor Torians Augen gestorben waren... Torian blickte in die Gesichter der Männer, deren Todesschreie er gehört hatte. Dicht gedrängt standen sie in einem engen Kreis zusammen. Niemand nahm von ihm und Garth Notiz.

Garth berührte ihn an der Schulter und deutete mit der anderen Hand auf etwas in der Mitte der schweigenden unheimlichen Versammlung. Torian konnte nicht erkennen, was es war – aber der Schrecken auf Garth' Gesicht war nicht zu übersehen. Entschlossen ging er los. Es kostete ihn große Kraft, sich diesen Menschen *(Menschen?)* zu nähern, von denen einige gar nicht mehr am Leben sein durften, aber er ging weiter, zwängte sich zwischen ihnen hindurch und blieb dann abrupt stehen.

Man hatte eine Decke auf dem Boden ausgebreitet, auf der der Magier lag. Die Decke war einmal buntgemustert gewesen, aber jetzt färbte sie sich rot, und der süßliche Geruch von Blut war fast übermächtig.

Salamirs Gesicht war eine Maske aus halb geronnenem Blut und Schmerzen, und sein Körper lag in unnatürlicher Haltung da; verkrampft und halb gekrümmt wie ein häßlicher, hundert Jahre alter Embryo.

Torian mußte kein zweites Mal hinsehen, um zu erkennen, daß Salamir sterben würde. Ein Schwerthieb hatte ihn am Kopf getroffen und seinen Schädel zertrümmert. Es war fast ein Wunder, daß der Greis überhaupt noch am Leben war. Seine Atemzüge waren so flach, daß Torian sie kaum mehr wahrnahm.

Langsam kniete er neben dem sterbenden Magier nieder. Er empfand einen schwachen Hauch von Mitleid; aber nicht sehr viel. Dazu hatte er Salamir nicht lange genug gekannt, und vielleicht trotzdem ein bißchen zu gut.

Als hätte er nur auf seine Ankunft gewartet, schlug Salamir die Augen auf. Sein Blick war noch klar, aber Torian sah bereits den Tod darin. Noch wenige Sekunden, dachte er. Eigentlich war er schon tot. Er wehrte sich nur noch, aber seine Kraft ließ nach. Unbarmherzig.

»Shyleen«, stöhnte Salamir. »Sie haben... Shyleen mitgenommen.«

»Ruhig«, sagte Torian hilflos. »Du darfst nicht sprechen.« Er sprach die Worte aus, ohne über ihren Sinn nachzudenken. Es war gleichgültig, ob Salamir sprach oder nicht. Er starb. Torian glaubte nicht, daß er noch Schmerzen spürte.

»Nein«, flüsterte der Magier. »Ich... weiß, daß ich sterbe, Torian. Nach all den Jahrhunderten hat... der Tod für mich seinen Schrekken verloren, aber... ich habe versagt. Shyleen... sie darf nicht im Tempel bleiben. Du weißt, was sonst geschieht. Ich... ich hätte sie töten sollen, aber... ich habe es nicht fertiggebracht. Sie ist... meine Tochter. Du mußt sie retten, Torian.«

Er bäumte sich auf, als sein sterbender Körper von einem Hustenanfall geschüttelt wurde. Blutiger Schaum quoll über seine Lippen. Der Schatten in seinem Blick wurde dunkler.

»Du mußt sie retten, oder... sie töten. Wenn nicht meinetwegen, dann... tu es für dich. Nur sie kann dich... vor dem *Baarl* schützen. Versprich mir, sie... zu retten, oder zu... töten.« Er hustete. Ein rasselndes, schreckliches Geräusch mischte sich in seine Atemzüge, und etwas in ihm schien zu zerbrechen.

»Versprich es... mir, Torian«, flüsterte er. »Der Tod ist... tausendmal barmherziger als das, was sie... erwartet. Bitte...«

»Ich verspreche es«, sagte Torian ernst. Neben ihm sog Garth erschrocken die Luft ein, aber Torian machte nur eine hastige Handbewegung, dann wandte er sich wieder an den sterbenden Magier.

»Wie kommen wir in den Tempel?«

»Der Berg... an seinem Fuß steht... eine verkrüppelte Kiefer. Zweihundert Schritte nach... Süden. Dort findet ihr... einen unbewachten Paß. Rettet Shyleen... rettet sie. Und... vielleicht euch. Sie...« Er brach ab, als ein weiterer Hustenanfall seinen Körper schüttelte.

»Es ist gut«, sagte Torian rasch. »Sprich nicht mehr. Kalaars Leute können uns führen. Schweig jetzt. Es ist nicht nötig, daß du dich quälst.«

»Kalaar... un... möglich«, stammelte Salamir. »Sie... leben nicht.« Seine Stimme sank zu einem kaum noch hörbaren Flüstern herab. Torian beugte sich weiter vor, um ihn zu verstehen.

»Sie sind schon... seit vielen Jahren tot. Leere Hüllen ohne... Seele. Illusionen. Sie... sie waren meine... Schöpfungen. Ich...«

Er bäumte sich noch einmal auf und starb.

Und nicht nur er.

Es war gespenstisch, obwohl Torian es beinahe erwartet hatte: Im selben Moment, in dem der Magier starb, lösten sich die Gestalten um ihn herum auf. Auch die Halle verwandelte sich, als die Illusion verging. Alles um ihn herum veränderte sich in Sekundenschnelle. Mauern, vor einer Sekunde noch massiv, zerbröckelten lautlos zu Schutt, die hölzerne Treppe zerfiel zu Staub. Es war genau der Eindruck, den er schon auf dem Hof gehabt hatte. Das Gebäude *alterte*, eine Sekunde war ein Jahr, eine Minute ein Menschenalter...

Und das Haus wurde wieder zu dem, was es gewesen war, bevor Salamir mit seiner Magie hierhergekommen war: einer Ruine.

Keiner von ihnen sagte noch ein Wort. Aber als Torian aufsah, las er nichts als pures Entsetzen in Garth' Blick.

Das gleiche Gefühl, das – ganz langsam, aber unaufhaltsam wie eine schleichende Krankheit – auch von ihm Besitz ergriff.

Sie hatten den Zauberer begraben und waren unmittelbar darauf aufgebrochen. Es gab nichts mehr, was sie noch auf dem verfallenen Hof gehalten hätte; wohl aber eine Menge, was dafür sprach, ihn so schnell wie möglich zu verlassen. Selbst Torian – der sich aller Logik zum Trotz noch immer beharrlich weigerte, die Möglichkeit *echter* Zauberei zu akzeptieren – spürte den düsteren Hauch, der über dem Karree verkohlter Ruinen lag, und selbst ihm war es, als löse sich eine Last von seiner Seele, nachdem sie den Hof verlassen und auch das kranke Wäldchen wieder hinter sich gelassen hatten. Er verstand plötzlich, warum das tremonische Heer einen Bogen um diesen Wald geschlagen hatte. Er wußte nicht, was es war – aber irgend etwas war hier, sicherlich keine Zauberei, aber etwas Unverständliches und Gefährliches.

Sie sprachen sehr wenig, aber sie waren den Rest der Nacht durchgeritten, so daß sie den Fuß des Gebirges erreichten, noch ehe die Sonne über den Bergen aufging. Das Land war hier längst nicht mehr kahl und von der Hitze ausgedörrt wie am Rand der Staubwüste. Der Boden war fruchtbar, und Wasser stellte kein Problem mehr dar. Immer wieder trafen sie auf kleine, klare Gebirgsbäche, so daß sie und ihre Tiere ihren Durst stillen konnten. Die Lebensmittel, die Garth eingepackt hatte, würden selbst für zwei Männer reichen, bis sie jagbares Wild oder andere Menschen trafen.

Dann wurde es hell, und im ersten Licht des neuen Tages sahen sie den Felsen, den Shyleen beschrieben hatte. Es war eine schlanke Felsspitze, die sich wie das Horn eines Fabeltieres tausend Meter oder höher in den Himmel reckte. Eine Verwechslung war ausgeschlossen; der Berggipfel war so charakteristisch, daß er wie ein Wegweiser wirkte, den jemand eigens für diesen Zweck hier aufgestellt hatte; jemand mit *sehr* großen Händen allerdings. Der Anblick jagte Torian einen kalten Schauer über den Rücken. Jetzt, als sie dem sonderbar geformten Felspfeiler nahe waren, erschien er ihm weniger wie ein Wegweiser als wie eine Drohung; eine letzte – allerletzte – Warnung, lieber nicht weiterzugehen.

Auch die verkrüppelte Kiefer war nicht schwer zu finden, und wie beschrieben entdeckten sie kaum zweihundert Schritte südlich davon den Eingang einer Schlucht, die schmal, aber sehr tief wie eine Wunde im Berg klaffte und in Torian allerlei unangenehme Assoziationen wachrief.

Auch Garth mußte ähnliches empfinden, denn er zügelte sein Pferd und blickte mit unverhohlener Furcht zu dem finsteren Spalt im Felsen hinüber. »Das ist doch Wahnsinn«, sagte er leise. Sein Protest klang schwach – sie hatten nur ein paar Dutzend Worte miteinander gewechselt, seit sie den Hof verlassen hatten, aber er schien genau zu wissen, wie es in Torian aussah. Es war wohl auch nicht schwer zu erraten.

»Wir werden diesem Tempel nicht einmal nahe kommen, wenn er wirklich da ist«, prophezeite er. »Dieser Ort ist wie geschaffen für eine Falle.«

Torian gab gar keine Antwort. Natürlich hatte Garth recht; mehr noch – diese Schlucht war nicht nur wie geschaffen für eine Falle –, sie *war* eine Falle. Drei Kinder und ein einbeiniger Greis konnten dort drinnen eine Armee aufreiben.

Unbehaglich sah er sich um, während sie weiterritten. Bisher hatte er sich kaum Gedanken über die Frage gemacht, wie sie in den Tempel hineinkommen wollten – irgendwie hatte er diesen Punkt wohl verdrängt, wie so vieles, was sich als lebenswichtig erweisen mochte. Nicht zum ersten Mal fragte sich Torian insgeheim, was mit ihm los war. Etwas war mit ihm geschehen, seit sie Rador verlassen hatten. Sein logisches, manchmal schon überpräzises Denken, das ihm sooft Leben und Gesundheit gerettet hatte, ließ ihn mehr und mehr im Stich, und dafür begann er Gedanken zu denken, die ihm fremd waren und ihn erschreckten. Rador hatte sie nicht umgebracht, aber es hatte eine Veränderung in ihm in Gang gesetzt, und er war sich nicht sicher, ob sie ihm gefiel.

Sie ritten ein Stück in den schmalen Paß hinein, der wie eine Kerbe zwei Bergmassive voneinander trennte; kaum breit genug, um nebeneinander zu reiten. Zu beiden Seiten ragten Felswände lotrecht auf, so hoch, daß sie sich über ihren Köpfen gegeneinander zu neigen schienen. Der Himmel war nur noch ein schmaler, leuchtendblauer Strich über ihnen. Torian hatte das Gefühl, lebendig begraben zu sein. Garth hatte recht, dachte er noch einmal: dies *war* ein denkbar günstiger Ort für einen Hinterhalt. Ein einziger Wachtposten konnte den Paß mühelos gegen eine kleine Armee verteidigen, und auch wenn Salamir behauptet hätte, er wäre zuvor nicht bewacht worden, bedeutete das nicht, daß es auch jetzt noch so war.

Er wurde immer nervöser. Mehr als einmal ertappte er sich dabei, sich beinahe gehetzt umzublicken, und mehr als einmal hatte er das Gefühl, von den Wänden erdrückt zu werden. Waren sie nicht schon näher zusammengerückt?

Obwohl die Sonne bereits hoch am Himmel stand, herrschte hier unten eine Dunkelheit, die es fast unmöglich machte, weiter als ein Dutzend Schritte zu sehen. Kein Grashalm, nicht einmal Flechten oder Moose gediehen hier, in dieser ewigen Dämmerung. Höchstens zur Mittagsstunde, wenn die Sonne direkt über dem Gebirge stand, würde sie ihr Licht wenige Minuten lang bis auf den Grund der Klamm werfen, um sie dann wieder in trübes graues Halblicht zurücksinken zu lassen. Torian überlegte, ob er eine der Fackeln entzünden sollte, die sie mitgenommen hatten, entschied sich aber dagegen. Der dunkle Fels würde auch dieses Licht sofort verschlukken. Außerdem konnten Feuerschein und Rauch sie verraten.

Und es war *kalt*.

Hier unten war nichts mehr von der Hitze zu spüren, die in den letzten Wochen ihr ständiger Begleiter gewesen war. Die Felsen schienen Kälte auszuatmen; eine unangenehme Kälte, die sich durch ihre Kleidung fraß und sie frösteln ließ und den Atem der Pferde in kleine Dampfwölkchen verwandelte.

Aber da war auch noch etwas anderes. Etwas, das er bereits auf Kalaars Hof gespürt hatte, aber längst nicht so deutlich wie hier – ein klammer Hauch von Gefahr, der wie auf Spinnenbeinen in seine

Seele kroch. Er glaubte das Alter dieser lebensfeindlichen Welt zu spüren, auf sehr unangenehme, fast bedrohliche Art.

Es war unheimlich. Etwas... *war hier,* aber er wußte einfach nicht, was. Irgend etwas lauerte in der Stille. Zauberei?

Unsinn, dachte er wütend. Es gab keine Zauberei, basta!

»Wenn es hier einen Wächter gäbe, hätte er uns schon längst gesehen«, sagte er, nicht etwa, weil er das wirklich glaubte, sondern einzig, weil er die Stille nicht mehr ertrug. Garth antwortete nicht, aber die Felswände warfen seine geflüsterten Worte als leises, vielfach verzerrtes Echo zurück, ein Laut, der in Torians Ohren zum höhnischen Kichern dünner böser Kinderstimmen wurde. Seine Hände begannen leicht zu zittern. Er packte die Zügel fester, damit Garth es nicht bemerkte.

»Vielleicht macht es ihm aber auch nur Spaß, sich den Angriff unserer ruhmreichen Armee anzusehen«, antwortete Garth mit einiger Verspätung. »Schließlich sieht man nicht oft zwei Narren, die freiwillig zu ihrem eigenen Begräbnis reiten.«

»Ich glaube nicht, daß es einen Posten gibt«, widersprach Torian nervös. »Cuul hat fast die Hälfte seiner Krieger verloren.«

»Ach«, witzelte Garth. »Dann bete, daß er sie nicht wiederfindet.«

Torian überging die Bemerkung. Garth' Albernheit war nur seine Art, mit der Nervosität fertig zu werden. »Die anderen müssen sich erst erholen«, fuhr er unbeirrt fort. »Es gibt mehrere Wege, die in das Tal hineinführen. Er kann sie nicht alle bewachen lassen. Außerdem hast du recht – er wird kaum damit rechnen, daß wir so verrückt sind, ihn zu verfolgen.« Ein flüchtiges Lächeln glitt über Torians Gesicht. »Es hat auch seine Vorteile, sich närrisch zu benehmen. Vor allem, wenn sich die anderen für überaus intelligent halten und auf Narren nicht vorbereitet sind, weißt du?«

»Ich weiß«, knurrte Garth. »Du kennst doch das Sprichwort, oder? Wer zuletzt lacht, hat wenigstens einen schönen Tod.«

Diesmal lachte Torian wirklich.

Aber er antwortete nicht mehr, als er hörte, was das Echo aus seinem Lachen machte.

Schweigend ritten sie nebeneinander her, bis sich die Schlucht allmählich verbreiterte. Es wurde heller. Der hellblaue Streifen am Himmel wurde größer, als die Felswände nicht mehr ganz so steil anstiegen und mehr Licht hereinließen. Sie näherten sich dem Ende des Passes.

Garth zügelte sein Pferd und sah sich um.

»Dieser Cuul müßte schon ein ausgesprochener Idiot sein, wenn er nicht wenigstens am Eingang des Tals Wachen aufgestellt hat«, murmelte er. »Da hinten führen zwei andere Pässe auf unseren Weg, so daß man drei Zugänge zugleich kontrollieren kann.«

Vielleicht hat er es nicht nötig, Wachen aufzustellen, dachte Torian bedrückt. Vielleicht gab es andere Mittel und Wege, den Tempel zu schützen. Aber das sprach er nicht aus, sondern sagte, in bewußt beiläufigem Ton: »Dieses Risiko müssen wir eben eingehen.«

Garth zog ärgerlich die Brauen zusammen. »Immer mit dem Kopf durch die Wand, auch wenn es Türen gibt, wie? Zur Abwechslung kann man den Kopf aber auch mal zu etwas anderem benutzen, zum Beispiel zum Denken, weißt du?« Er deutete auf ein Geröllfeld, das zu einer überhängenden Felsnase drei, vier Manneslängen über ihren Köpfen führte. »Soweit ich sehen kann, scheint da oben ein Weg entlangzuführen. Von dort müßten wir einen guten Ausblick haben.«

Zweifelnd sah Torian auf. Garth hatte recht – aber die Halde aus Felsschutt erschien ihm fast zu einladend. »Es ist zu steil«, sagte er zweifelnd. »Wir werden höchstens einen Steinschlag auslösen. Den Lärm wird man meilenweit hören.«

Garth sah ihn vielsagend an, zuckte mit den Schultern und stieg vom Pferd.

»Es macht wohl keinen Unterschied, ob wir von einem Pfeil oder von einem Steinschlag getötet werden.«

»Irgendwann wirst du an jemanden geraten, der deinen Humor

nicht versteht«, prophezeite Torian ärgerlich, »und dir die Kehle durchschneidet.«

»Kaum«, witzelte Garth. »Vorher stehle ich ihm nämlich das Messer, weißt du?«

Torian seufzte, stieg dann aber ebenfalls aus dem Sattel. Auch er sah die Pässe, die etwa hundert Meter vor ihm von beiden Seiten in die Schlucht mündeten, aufgerissene, steinerne Mäuler, hinter denen sich weitere Wunden verbargen, die man in das Gebirge geschlagen hatte. Niemand, der sich eine Garde von fünfzig Kriegern hielt, würde einen solchen Zugang völlig unbewacht lassen. Nicht, wenn er nicht total von Sinnen war – oder es nicht nötig hatte.

»Also gut«, stimmte er nach kurzem Zögern zu. »Versuchen wir es.«

Sie trieben die Pferde mit einigen leichten Schlägen in die Richtung zurück, aus der sie gekommen waren. Vorsichtig begannen sie mit dem Aufstieg. Immer wieder kam lockeres Geröll unter ihren Füßen ins Rollen, und einmal verlor Torian den Halt, rutschte um fast eine ganze Körperlänge zurück und schlug sich an einem scharfen Stein die Knie blutig. Aber es ging dennoch besser, als er befürchtet hatte. Zwischen dem losen Geröll gab es immer wieder größere Brocken, an denen sie sich festklammern konnten.

Es dauerte eine gute halbe Stunde, bis sie den Hang erklommen hatten. Keuchend ließen sie sich zu Boden sinken. Ihre Hände waren rissig und bluteten, aber der Erfolg rechtfertigte die Mühe:

Über dem Geröllfeld lag eine kleine Plattform, von der aus sich ein schmaler Pfad zwischen den Felsen durchschlängelte.

Garth kroch bis zum anderen Ende des Felsvorsprunges und blickte in die Tiefe. Mit einem erschöpften Grinsen im Gesicht winkte er Torian zu sich.

»Na?« sagte er. »Meinst du immer noch, daß wir besser dort unten weitergeritten wären?« Er deutete auf die beiden Krieger, die dicht hinter den Mündungen der Seitenpässe Posten bezogen hatten, gerade so, daß sie von den Schatten der Felswände verschluckt wurden; unsichtbar für jeden, der aus dem Paß kam.

Torian knurrte etwas von blinden Hühnern und Körnern, das Garth geflissentlich überhörte, kroch aber geduckt von der Felskante zurück und richtete sich erst auf, als er sicher war, sich außer Sichtweite der Posten zu befinden.

Der Pfad war mit Trümmern übersät, die meisten kaum größer als eine Faust, aber einige auch mehr als mannshoch und dabei so glatt, daß es fast unmöglich war, darüber hinwegzusteigen, wenn man keine Saugnäpfe an Händen und Füßen hatte. Ein paarmal musterte Torian den Dieb, wenn er glaubte, daß dieser es nicht bemerkte. Im Verlauf der letzten Stunde hatte Garth nicht ein einziges Mal mehr versucht, ihn zur Umkehr zu bewegen, und auch sonst schien eine Veränderung mit ihm vorgegangen zu sein. Er machte nicht mehr den Eindruck, als käme er gegen seinen Willen mit, sondern legte eine geradezu grimmige Entschlossenheit an den Tag.

Vielleicht, dachte Torian, hatte er seinen Widerstand aufgegeben, weil er eingesehen hatte, daß es keine Umkehr mehr für sie gab. Es war seltsam – obwohl er sehr froh war, Garth mit seinen Bärenkräften bei sich zu wissen, war ihm gleichzeitig nicht wohl dabei. Er hatte kein Recht, Garth in Gefahr zu bringen. Im Grunde ging dies alles nur ihn an. Das *Baarl* war hinter *ihm* her, Salamir hatte *ihn* gebeten, Shyleen zu retten, und *er* war es gewesen, der den Magier getötet und sich damit den Zorn der ganzen Kaste zugezogen hatte...

Torian schüttelte die Gedanken ab und richtete seine Aufmerksamkeit wieder auf ihre Umgebung.

Ein kurzes Stück Wegs vor ihnen wurde der Pfad vom Berg verschluckt. Wie ein finsteres Maul klaffte der Eingang zu einer Höhle vor ihnen auf, und wieder erschauerte Torian. Bislang hatten sie wenigstens immer noch ein bißchen Himmel über sich sehen können, einen Teil der vertrauten Welt, der ihm zeigte, daß es noch etwas anderes gab als diese lebensfeindliche Steinöde. Der Gedanke, nun auch dieses letzte bißchen Licht zu verlieren und sich ganz dem Berg auszuliefern, gefiel ihm nicht. Etwas an dieser Umgebung war fremd, anders als alles, was er kannte. Torian lächelte nervös. Er begriff, daß er den Berg fast wie ein Lebewesen betrachtete, wie einen Feind.

Wieder war es Garth, der Entschlossenheit an den Tag legte. Ohne eine Sekunde zu zögern, entzündete der Dieb die mitgebrachte Fackel und trat durch den Felsbogen.

Torian sah noch einmal zurück, wie um einen letzten Blick auf den Tag zu werfen, dann folgte er Garth. Er hatte das Gefühl in das aufgerissene Maul eines gewaltigen steinernen Drachens zu treten. Schlagartig steigerte sich das Gefühl des Unbehagens. Ein niedriger Stollen, in dem sie nur gebückt stehen konnten, nahm sie auf. Das Licht der Fackel leckte mit rotgelben, unstet hin und her huschenden Zungen über die dunklen Wände, brach sich an winzigen Kanten und Vorsprüngen und schuf eine Vielzahl tanzender Schatten, die von bizarrem Leben erfüllt schienen und eine Spur zu dunkel waren. Torian schauderte. Für einen kurzen, entsetzlichen Moment fühlte er sich an das *Baarl* erinnert.

Aber es war nicht die Kreatur aus Rador. Dies hier war ... *anders.* Es gab eine flüchtige Ähnlichkeit, und doch war dies hier etwas ganz anderes. Das Licht wurde in wenigen Schritten Entfernung von den Wänden aufgesogen, verschluckt wie von finsteren Schwämmen. Dahinter lastete die Dunkelheit wie eine massive Mauer, schwarze Schattentierchen, die unablässig an dem kleinen Kreis aus Licht nagten.

Er streckte die Hand aus, zögerte einen Herzschlag lang und berührte die Wand neben sich. Das Gestein fühlte sich unter seinen Fingern kalt an, kälter und härter, als er erwartet hatte. Fast wie Glas, dachte er schaudernd, als wäre es unter unvorstellbaren Temperaturen geschmolzen und dann wieder erstarrt. Aber er fühlte noch etwas anderes. So hart der Stein war, schien er unter der Berührung für den winzigen Bruchteil einer Sekunde nachgiebig zu werden und wie feuchtes, gummiartiges Fleisch zu pochen und zu pulsieren. Voller Ekel zog er die Hand zurück. Seine Phantasie spielte ihm einen bösen Streich, das mußte es sein.

»Was ist das?« murmelte er. »Dieser Berg, er…«

Garth blieb stehen und drehte sich herum. Der Fackelschein übergoß sein Gesicht mit flammender Röte und ließ es eingefallen und krank aussehen, eine rote Vision der Furcht, die vor der Dunkelheit auf und ab tanzte. Torian dachte an gigantische Würmer, die irgendwo in diesem Berg herumkrochen und diese Stollen in den Stein fraßen.

»Es ist nichts«, sagte Garth leise, aber mit fast beschwörender Stimme. »Nur Visionen, hörst du?«

»Aber dieser Stollen… er ist nicht von allein entstanden.« Torians Stimme zitterte. Jeder Schritt kostete ihn mehr Kraft als der vorherige.

»Nein, das ist er nicht«, bestätigte Garth. »Vielleicht haben die Alten ihn angelegt, vielleicht die Schwarzen Magier, aber das ist gleichgültig. Du mußt gegen die Visionen ankämpfen, dann tun sie dir nichts.«

Überrascht starrte Torian den Dieb an. War es wirklich Garth, der so mit ihm sprach? Die Veränderung war nun nicht mehr zu übersehen. Auf bizarre Art schien sich ein Rollentausch vollzogen zu haben. Garth hätte derjenige sein müssen, den die Fremdartigkeit der Umgebung halb wahnsinnig vor Angst werden ließ, doch statt dessen schien ihm das alles vertraut zu sein, und er war es plötzlich, der Torian Mut zusprach und ihn zum Weitergehen zwang. War das wirklich noch Zufall?

Torian stöhnte. Das Denken fiel ihm immer schwerer. Es war, als verströmten die schwarzen Wände etwas, das sein Bewußtsein trübte. Er hob die Hand an den Kopf stöhnte erneut und machte einen mühsamen Schritt. »Du hast recht«, murmelte er, obwohl er keineswegs überzeugt davon war. Aber das Denken war so mühsam. Es tat beinahe weh. »Gehen wir weiter.«

Nach einigen Dutzend Schritten wurde der Stollen höher, so daß sie nun wenigstens aufrecht gehen konnten. Dafür schien die Dunkelheit noch massiver zu werden. Torian kam sich eingesperrt vor, eingewoben in einen Kokon aus Schwärze, der mit jedem Schritt dichter wurde. Selbst das Atmen fiel ihm schwer.

Er verlor jedes Gefühl für Zeit und Entfernung. Automatisch setzte er einen Fuß vor den anderen und folgte Garth, fast ohne zu wissen, warum er es tat.

Er konnte nicht mehr sagen, wie weit er hinter dem Dieb durch die finstere chtonische Steinwelt gelaufen war, als es plötzlich hell vor ihnen wurde. Es konnte eine knappe Viertelmeile, aber ebensogut auch zwei oder drei gewesen sein. Vielleicht waren sie auf der anderen Seite der Welt, vielleicht im Herzen der Hölle angekommen – er wußte es nicht.

Nun – die andere Seite der Welt war es nicht. Bei der Hölle war er nicht ganz sicher: Der Stollen endete wie abgeschnitten und mündete in eine Höhle, deren Größe alles in den Schatten stellte, was Torian je gesehen hatte. Die Wände ragten mehr als fünfzig Meter hoch auf, ehe sie sich sanft zu neigen begannen und in ein gewaltiges Kuppeldach übergingen, das den ganzen Felsendom wie eine Glocke aus Stein überspannte. Durch eine Vielzahl kleiner Löcher in der Kuppel fiel gedämpftes Tageslicht herein und erfüllte die Grotte mit zwielichtigem Halbdunkel, das Torian nur im ersten Moment hell erschien, bis seine Augen sich daran gewöhnt hatten.

Mehrere Minuten lang blieb er reglos stehen und ließ seinen Blick über die Vorsprünge und Kanten der zernarbten Wände gleiten. Er war fast sicher, daß diese Höhle genauso künstlich angelegt war wie der Stollen, durch den sie gekommen waren. Der Gedanke, daß *irgend jemand* in der Lage wäre, dem Berg eine solche Höhle abzutrotzen, erfüllte ihn mit fast panischer Angst.

»Da hinten scheint so etwas wie ein Ausgang zu sein«, sagte Garth ungeduldig. Er deutete auf ein helles Oval am gegenüberliegenden Ende der Grotte. Die Fackel hatte er gelöscht.

Torian schüttelte seine Lähmung mühsam ab. Ihre Schritte hallten hohl von den Wänden und dem Kuppeldach wider, während sie die Höhle durchquerten. Voller Unbehagen sah er sich um. Er dachte jetzt nicht mehr an schwarze Würmer. Vielleicht war das, was diese Höhle in den Fels gebohrt *(gefressen?)* hatte, schlimmer.

Garth hatte sich nicht geirrt – der helle Fleck entpuppte sich als ein von Wind und Regen glattgeschmirgelter Torbogen, der aus dem Berg hinausführte. Dahinter lag eine kleine Plattform, gerade groß genug, daß sie zu zweit darauf stehen konnten.

Geblendet schloß Torian die Augen, als sie ins helle Sonnenlicht hinaustraten. Es dauerte eine Weile, bis sich seine Augen wieder umgestellt hatten.

Ein großer, rundum von Bergen eingeschlossener Talkessel mit fruchtbaren Wiesen und kleinen Waldflecken breitete sich unter ihnen aus, durch das silberne Band eines Flusses in zwei ungleichmäßige Hälften geteilt. Die Luft war still und warm. Irgendwo lärmten Vögel. Das Bild war sehr friedlich. Und doch...

Torian trat näher an die Kante der kleinen Felsplattform heran und warf einen Blick in die Tiefe.

Und plötzlich stockte ihm der Atem.

Unter ihnen lag das Ziel ihrer bizarren Wanderung: Der Tempel.

Jedenfalls vermutete Torian, daß es sich bei dem monströsen Gebilde, das wie ein wucherndes Geschwür aus Stein aus dem Berg herauswuchs, um den Tempel handelte, eine schier unmöglich anmutende Konstruktion aus ineinander verschachtelten Gebäuden, Plattformen, verschlungenen Wegen, gepflasterten Plätzen, kleinen Gärten und gedrungenen, niedrigen Türmen, als hätte ein zorniger Riese auf die Felswand eingeschlagen, den Stein wie weichen Lehm geknetet, ihn zusammengestaucht und wieder auseinandergerissen, bis dieses bizarre Gebilde entstanden war.

Der Anblick erinnerte Torian an eine Grimasse, ein Dämonengesicht aus Fels, hundert Mannslängen hoch und aus Schwärze und geronnener Furcht geschaffen.

Vielleicht war es nicht einmal ein Zufall, daß die Form dieses entsetzlichen Bauwerkes wirklich an einen Totenschädel erinnerte.

Der Tempel des Toten Gottes!

Es konnte keine passendere Bezeichnung für dieses monströse Gebilde geben. Dieser Tempel war das steingewordene Wort eines zornigen Gottes, der noch im Todeskampf die Welt der Lebenden verflucht hatte. Allein sein Anblick erfüllte Torian mit fast körperlichem Unbehagen.

Ohne ein weiteres Wort drehten sie sich um und gingen in den Berg zurück.

Es wurde nicht besser, auch nachdem sie wieder im Schutz der riesigen Grotte waren und er nur noch Garth und die kalten Felswände sah. Torian fühlte sich... benommen. Es dauerte Minuten, bis er wieder klar denken konnte. Etwas tief in seiner Seele war durcheinandergeraten beim Anblick des monströsen Dinges dort unten im Tal. Es fiel Torian schwer, sein inneres Gleichgewicht zurückzugewinnen, und es fiel ihm noch schwerer, den Anblick dieser schwarzen Scheußlichkeit aus Lava und Angst zu vergessen. Seine Gedanken bewegten sich im Kreis. Es war, als hätte der bloße Anblick dieses entsetzlichen Tempels etwas in ihm berührt, von dem er bisher noch gar nicht gewußt hatte, daß es existierte.

»Du hast es auch gespürt, nicht wahr?« fragte Garth plötzlich. Seine Stimme klang hohl. Die verwirrende Akustik des Felsendomes verzerrte sie und ließ die Furcht darin noch deutlicher werden. Aber als Torian ihn ansah, entdeckte er keine Furcht in seinem Blick. Nur Sorge. Als hätte er schon im voraus gewußt, was sie erwartete, und sich darauf eingestellt.

Torian nickte schwerfällig. »Ja.«

»Und du willst noch immer hinein.« Es war nicht einmal eine Frage, sondern nur eine Feststellung; wenn auch eine, die den Dieb mit tieferem Schrecken erfüllte, als er zuzugeben bereit war.

Torian antwortete nicht. Auch wenn sich alles in ihm dagegen sträubte, auch nur daran zu *denken*, dieses entsetzliche Etwas dort

unten zu betreten – sie waren schon viel zu weit gegangen, um jetzt noch zurück zu können. Es gab auf diesem Weg kein *Zurück.* Er führte nur in eine Richtung.

»Wir müssen warten, bis es dunkel ist«, fuhr Garth fort, als er begriff, daß er keine Antwort bekommen würde. »Bei Tage haben wir überhaupt keine Chance.«

»Und bei Nacht?« murmelte Torian, allerdings so leise, daß Garth die Worte gar nicht hörte. Und eigentlich wollte er auch gar keine Antwort haben.

Der Tag verstrich nur langsam. Es dauerte nicht lange, bis Torian in einen leichten Schlummer fiel, aus dem Garth ihn erst lange nach Mittag weckte. Trotzdem hatte er das Gefühl, die Augen gerade erst geschlossen zu haben. In seinem Mund war ein trockener Geschmack nach Staub und Stein, und seine Augen brannten. Er fühlte sich müder als zuvor.

Trotzdem protestierte er mit keinem Wort, als Garth sich stumm auf dem Lager zusammenrollte, auf dem er bisher gelegen hatte, und ihm auf diese Weise zu verstehen gab, daß er die nächste Wache zu übernehmen hatte. Torian selbst hielt es für ziemlich sinnlos zu wachen – er glaubte kaum, daß es Patrouillen in diesen Bergen gab; die Gefahren, die vielleicht auf sie lauerten, mochten ganz anderer Art sein. Aber das behielt er lieber für sich.

Er stand auf, ging eine Weile unschlüssig in der Grotte auf und ab – immer so, daß er noch in jenem kleinen Bereich natürlicher Helligkeit hinter dem Eingang blieb – trieb ein wenig Gymnastik, um die Taubheit aus seinen Gliedern und die üblen Gedanken aus seinem Kopf zu vertreiben. Es half nicht viel.

Schließlich trat er auf das Felsplateau hinaus und sah nachdenklich in das Tal hinab. Die Sonne war merklich tiefer gesunken, aber sonst hatte sich nichts verändert. Auch jetzt erfüllte ihn der Anblick des Tempels mit einer sonderbaren Mischung aus schierem Entsetzen einerseits und einer fast morbiden Faszination auf der anderen Seite. Aber diesmal war er zumindest auf den Anblick vorbereitet.

Er zwang sich, das bizarre Gebäude genauer in Augenschein zu nehmen.

Wie beim ersten Mal glaubte er etwas Finsteres, eigentlich Unsichtbares wahrzunehmen, das den steinernen Koloß einhüllte wie ein Vorhang aus Schwärze, der – absurd genug – beinahe unsichtbar war, trotzdem aber nachhaltig verhinderte, daß er Einzelheiten erkannte. Es war, dachte er verwirrt, als schlüge eine unsichtbare Hand seinen Blick beiseite, sobald er versuchte, sich auf ein Detail zu konzentrieren. Er nahm nur den Gesamteindruck wahr.

Aber das allein war schon schlimm genug. Die Gebäude mußten uralt sein, älter als alles, was er jemals gesehen hatte. Vielleicht waren sie nicht einmal von Menschen errichtet worden. An einigen Stellen glaubte er, Ähnlichkeiten mit der verworrenen Architektur Radors zu erkennen, dann wieder erschien er ihm völlig anders, mit nichts zu vergleichen, was er kannte. Es war durchaus möglich, dachte er, daß der Tempel schon den Alten – vielleicht sogar Wesen, die Caracon noch vor der Alten Rasse bevölkert hatten – als Opferstätte und als Ort für Gebete gedient hatte.

Oder einem ganz anderen Zweck...

Torian verscheuchte den Gedanken und konzentrierte sich wieder auf das Wenige, was ihm der Zauber des Tempels zu erkennen erlaubte.

Vereinzelt entdeckte er Menschen, doch obwohl die Entfernung nicht besonders groß war, blieben sie undeutliche Schemen, so daß er nicht feststellen konnte, ob es sich um Priester, Krieger oder sonstige Diener der Schwarzen handelte. Auch die Pflanzen, die hier und da auf kleinen Terrassen oder bizarr geformten Balkonen wuchsen, kamen ihm fremd vor, genauso unwirklich und falsch wie alles andere.

Nach einigen Minuten wandte er abrupt den Kopf und ging in die Höhle zurück. Unruhig schritt er unter dem gewaltigen Felsendom auf und ab und trat nach kurzer Zeit doch wieder auf die Plattform hinaus. Es war absurd: Auf der einen Seite erschien ihm allein der Gedanke, in den Tempel einzudringen, immer noch unvorstellbar – ganz davon zu schweigen, Shyleen zu finden, sie zu befreien und mit ihr zu fliehen und bei alledem möglichst auch noch am Leben zu bleiben – und gleichzeitig fühlte er sich fast hypnotisch angezogen von diesem schwarzen Lavakoloß dort unten.

Torian fühlte sich hilflos. Der Anblick dieses finsteren Etwas machte ihm angst, und das auch aus ganz praktischen Gründen. Es war unmöglich, etwas zu planen, sich ihr weiteres Vorgehen irgendwie zurechtzulegen. Hätten sie es mit einem einfachen, offenen Tempelgebäude zu tun, wie es sie in Tremon zu Hunderten gab, hätte er keine Sekunde daran gezweifelt, es erstürmen zu können. Garth und er waren keine Anfänger. Selbst eine schwerbewachte Festung hätte ihn nicht so verunsichert wie dieses... Ding.

Er hätte sich fast wohler gefühlt, hätten sie sich einer solchen gegenübergesehen. Festungen wurden von Menschen erbaut und von Menschen bewacht, und Menschen konnte man überlisten.

Hier aber versagte seine Erfahrung. Sie konnten gegen die Krieger und Priester kämpfen, aber nicht gegen die Macht der finsteren vorzeitlichen Götter, deren Magie bis hier herauf spürbar war. Das steinerne Monument war mehr als nur eine sonderbar geformte, tote Ansammlung von verschachtelten Gebäuden; weit mehr. Die Vergangenheit war an diesem Ort nicht tot, sondern hatte die Jahrtausende überdauert. Etwas von ihrer früheren Macht existierte in diesen Mauern weiter und erfüllte sie mit einer unbegreiflichen Form von... Leben?

Wenn sie in den Tempel eindrangen, hatten sie es nicht mehr nur mit menschlichen Gegnern zu tun; vielleicht überhaupt nicht. Ihr eigentlicher Gegner war das Erbe der Vergangenheit, das zu Stein erstarrte Böse, das ihre Anwesenheit entdecken und sich mit den ihm eigenen, unbegreiflichen Waffen gegen sie zur Wehr setzen würde.

Torian lächelte bitter, als er begriff, daß er schon längst angefangen hatte, über Magie und Zauberei als real existierende Dinge nachzudenken. Er leugnete beides noch immer, theoretisch jedenfalls. Aber spielte es eine Rolle, ob es nun wirkliche Zauberei war, die sie umbrachte, oder nur etwas, das mächtig und fremd genug war, dafür gehalten zu werden? Er glaubte jetzt zu verstehen, was die Macht der Schwarzen Magier und der anderen Diener Ch'tuons ausmachte. Sie waren vielleicht keine wirklichen Zauberer, und ihre einzige Kunst hieß möglicherweise *Betrug* und *Illusion,* aber sie beherrschten diese Kunst meisterhaft. Ihre Waffen waren nicht Schwert und Bogen, sondern Angst und Terror, und sie führten sie so meisterhaft wie er selbst sein Schwert.

Nur sehr viel gnadenloser.

Der Gott der Priester und Schwarzen Magier war nicht tot, zumindest nicht innerhalb dieses Tals. Er mochte sich von der übrigen Welt abgewendet und seine Macht verloren haben, aber er war längst nicht *besiegt*.

Länger als zwei Stunden stand er da und starrte in das Tal hinab, bis die Schatten endlich länger zu werden begannen, und die Sonne sank; viel früher als über der flachen Weite der Wüste. Es wurde rasch kühler, und Torian fror in seinem dünnen Umhang, denn der Wind war schneidend hier oben. Trotzdem wartete er noch eine Weile, bis er sich umwandte und in die Grotte zurückging. Garth brauchte jede Minute Ruhe, die er ihm gönnen konnte. Und er selbst geizte plötzlich mit jeder Sekunde, die er den Moment noch hinauszögern konnte, in dem sie aufbrachen.

Er bückte sich, schüttelte Garth grob an der Schulter und trat einen Schritt zurück, als der Dieb im Halbschlaf nach ihm schlug; wie nach einer Fliege, die er verscheuchen wollte.

»Es ist soweit«, sagte er knapp.

Garth blinzelte schlaftrunken zu ihm hinauf, dann schien er schlagartig wach zu werden. Ohne ein weiteres Wort stand er auf. Er reckte sich ausgiebig, hob Schwertgurt und Mantel auf, legte beides mit umständlichen, übertrieben langsamen Bewegungen an und nickte Torian zu. »Gehen wir.«

Torian hatte das Gefühl, noch etwas sagen zu müssen; aber dann erwiderte er nur stumm Garth' Kopfnicken, hob sein eigenes Schwert auf und folgte dem Dieb.

Die Sonne war vollends untergegangen, als sie nebeneinander auf das Plateau hinaustraten. Trotzdem war es nicht vollkommen dunkel – Mond und Sterne spendeten genug Licht, daß sie zumindest ihre unmittelbare Umgebung erkennen konnten, während sie selbst in ihrer dunklen Kleidung so gut wie unsichtbar sein mußten. Wenigstens ein kleiner Vorteil, dachte Torian. Aber nicht einmal dessen war er sich wirklich sicher.

Torian ging voraus. Der Felssims war schmal, gerade breit genug, um mit den Füßen halbwegs sicheren Halt zu finden. Bei jedem Schritt tastete er den Boden vor sich mit den Fußspitzen ab. Immer wieder lagen kleine Steinchen im Weg, zu klein, um sie zu sehen, aber immerhin groß genug, ihn stolpern zu lassen, wenn er nicht achtgab. Ein einziger Fehltritt, und ihr Angriff auf den Tempel des Toten Gottes würde schneller zu Ende sein, als es ihnen lieb war...

Dicht an die Felswand gepreßt und sich mit den Fingern an jedem Vorsprung festklammernd, balancierten sie über den Sims. Sie kamen nur langsam voran, und es war eine sehr kräftezehrende Art und Weise, sich zu bewegen. Torian war schon nach wenigen Augenblicken in Schweiß gebadet, und Garth' Atemzüge hinter ihm klangen jetzt mühsamer und lauter. Er vermied es, in den Abgrund aus brodelnder Dunkelheit neben sich zu blicken. Er *wußte*, daß der Abgrund da war, und allein das war eigentlich schon mehr, als er wollte.

Mit quälender Langsamkeit näherten sie sich dem Tempelkomplex. In den meisten Gebäuden brannte mittlerweile Licht, und Torian sah jetzt, daß das Gebäude *wirklich* einem überdimensionalen Totenschädel nachgebildet war. Der Teil, in dem er bei Tageslicht die leeren Augenhöhlen zu erkennen geglaubt hatte, war besonders hell erleuchtet, so daß die Augen in dämonischem Feuer zu glühen schienen; die anderen Lichter dienten dazu, die Konturen der Fratze nachzuzeichnen. Unter normalen Umständen hätte er den Anblick schlichtweg lächerlich gefunden. Aber nichts in diesem entsetzlichen Tal war irgendwie *normal.* Und...

Er spürte, daß etwas geschah, aber er begriff nicht, was. Und als er es begriff, war es zu spät. Etwas Unsichtbares, Großes löste sich aus dem steinernen Labyrinth des Tempelkomplexes und flatterte zu ihnen herauf.

Sein Denken erlosch.

Es ging nicht schlagartig, sondern langsam, als sauge etwas seine Gedanken auf, um an ihrer Stelle nur Leere und ein fast angenehmes Gefühl der Taubheit zu hinterlassen. Und dann...

Die Felswand begann sich in irrsinnigem Tempo um ihn herum zu drehen. Gewaltige schwarze Pranken zuckten aus dem Gestein und schlugen auf ihn ein, um ihn in den Abgrund zu stoßen. Torian schrie auf. Mit aller Kraft krallte er sich an den Felsen und schloß die Augen. Er fiel.

Aber er schlug nicht auf.

Und im nächsten Moment war alles ganz anders. Vage durchfuhr ihn die Erinnerung an lotrecht abfallende Felswände und ein Tal, aber die Vision verschwand so schnell, wie sie gekommen war. Er befand sich auf einer sommerlichen Blumenwiese. Neben seinen Füßen plätscherte ein kristallklarer Bach, und er bückte sich, um seine Hände in das kühle Wasser zu tauchen. Tiefer und tiefer beugte er sich hinunter. Von irgendwoher drangen unverständliche Laute an sein Ohr, doch er ignorierte sie. Alles, was er noch wollte, war, von diesem köstlichen Wasser zu trinken. Er mußte davon trinken. Sein Leben hing davon ab.

»Torian, komm zu dir! Um Himmels willen, was ist denn...«

Die Vision zerplatzte, und er schrie noch einmal gellend auf. Rasend schnell sprang ihn der Abgrund an, er hatte sich bereits zu weit vorgebeugt, um das Gleichgewicht noch zu halten.

»Torian!«

Ein furchtbarer Ruck fuhr durch seine Schultern, als Garth sein Handgelenk packte und von seinem Gewicht um ein Haar selbst mit in die Tiefe gerissen worden wäre. Er glaubte, der Arm würde ihm aus der Schulter gerissen. Garth' Finger waren feucht vor Schweiß, sein Griff tat entsetzlich weh, und trotzdem begann er langsam, aber unerbittlich, weiter abzugleiten, als stürze er nicht einfach, sondern würde in den Abgrund *gesogen.* Torian spürte, wie sein Griff sich lockerte. Von panischer Angst erfüllt, tastete er mit den Füßen und der freien Hand umher, um irgendwo Halt zu finden. Aber die Wand war plötzlich wie Glas; ein bockendes, stählernes Tier, das seine Finger und Zehen von sich stieß.

Endlich ertasteten seine Finger eine kleine Vertiefung. Mit aller Kraft krallte er sich fest. Er spürte, wie seine Nägel brachen. Etwas bohrte sich wie eine glühende Messerklinge in seine Hand. Selbst in seiner Lage erschien ihm der Gedanke noch absurd, aber er war fast sicher, daß der Berg nach ihm *biß.*

Der Schmerz trieb ihm die Tränen in die Augen, als er das Gewicht ein wenig verlagerte. Es dauerte zwei, drei endlos lange Sekunden, bis Garth genügend Kraft geschöpft hatte, ihn vollends auf das schmale Felsband zurückzuziehen.

Keuchend lehnte sich Torian gegen die Wand und schloß die Augen. Garth redete auf ihn ein, aber er verstand die Worte nicht, fing nur Fetzen auf, die keinen Sinn ergaben. Eine Hand klatschte in sein Gesicht, wieder und wieder, ohne ihn aus seiner Benommenheit reißen zu können. Für einen Moment wurde der Wunsch übermächtig, sich der lockenden Dunkelheit hinzugeben, die hinter der Erschöpfung lauerte, aber er wußte, daß er nicht wieder aufwachen würde, wenn er jetzt einschlief. Trotz seiner ungeheuren Kräfte würde Garth ihn nicht noch einmal retten können, wenn er erneut den Halt verlor.

»Nicht mehr... schlagen«, krächzte er und hob mühsam die Hand. Er massierte seine Schläfen und rieb sich die Augen, bis sie zu brennen begannen. Langsam lichtete sich der Nebel in seinem Kopf. Er konnte wieder halbwegs klar denken.

»Geht es?« fragte Garth knapp. »Wir müssen weiter.«

Torian nickte, stemmte sich hoch und schloß stöhnend die Augen. Seine Hand brannte wie Feuer. Er vermied es mit aller Macht, sie anzusehen. Er hatte Angst, den Verstand zu verlieren, wenn er es tat und *Bißspuren* erkennen sollte.

Er sah nicht noch einmal nach unten, während sie sich weiter an der Wand entlangtasteten. Er versuchte erst gar nicht zu begreifen, was mit ihm geschehen war, aber er wußte, daß es wieder passieren würde, wenn er nach vorne schaute. Es war eine Falle, irgendein unbegreiflicher Verteidigungsmechanismus dieses Höllentempels, gegen den Garth immun zu sein schien, denn Torian bemerkte, daß er selbst mehrmals haßerfüllt in Richtung des Tempels blinzelte, Garth aber nicht.

Torian dachte nicht weiter über dieses neuerliche Rätsel nach. Er brauchte jedes bißchen Kraft, das er noch hatte, für den Abstieg.

Schweigend quälten sie sich weiter. Torian starrte verbissen die Felswand an, manchmal auch Garth' Rücken vor sich, und setzte mechanisch einen Fuß vor den anderen. Der Schmerz in seiner Hand flaute allmählich ab, aber er vermied es trotzdem, sie anzusehen. Mit zusammengebissenen Zähnen und ohne an etwas anderes zu denken als daran, einfach weiterzugehen, folgte er Garth so lange, bis der Dieb plötzlich stehenblieb.

Torian hatte nicht einmal bemerkt, daß der Sims plötzlich endete.

Aber er tat es, und vor ihnen lag kein Stein mehr, sondern ein schwarzes verbogenes Etwas aus Lava und geronnener Finsternis.

Sie hatten den Tempel erreicht.

Das Felsband hatte sie direkt bis an die Wand eines der äußersten, weit aus dem Berg herausragenden Gebäude herangeführt. Vor ihnen erhob sich eine Mauer aus glasierter Gesteinsschmelze, die im Laufe zahlloser Jahrhunderte rissig und porös geworden war. Torian sog scharf die Luft ein, als ihm bewußt wurde, daß die Wand nicht gemauert worden war, sondern aus einer einzigen gewaltigen Platte bestand, die nahtlos mit dem Berg verschmolz, fast als wäre sie daraus hervorgewachsen. Vielleicht war der Gedanke nicht einmal so abwegig.

Wäre der Tempel nicht so ungeheuer groß gewesen, hätte man denken können, er wäre ein Teil des Berges, von dem ein dämonischer Bildhauer geduldig alles überflüssige Gestein weggeschlagen hätte, bis nur noch diese gigantische Totenskulptur übriggeblieben war, ein monströses finsteres Etwas, das nur scheinbar aus einzelnen aneinandergebauten Häusern und Türmen bestand.

Torian zögerte einen Moment, bevor er seine Hand ausstreckte und die Wand berührte. Er wußte nicht, was er erwartet hatte – vielleicht ein ähnliches Gefühl wie bei der Berührung der glasierten Wand im unterirdischen Stollen –, doch unter seinen Fingern spürte er nur ganz normales Gestein, sehr glatt, wie Lava nun einmal war, aber nichts Außergewöhnliches. Die Kante des flachen Daches lag kaum einen Meter über seinem Kopf. Er war fast enttäuscht.

Torian holte federnd Schwung, stieß sich ab und riß im Sprung die Arme nach oben. Seine Finger bekamen die rauhe Kante zu fassen und klammerten sich daran fest. Mit einem Ruck zog er sich hinauf und blieb flach auf das Dach gepreßt liegen. Einige Sekunden lauschte er gebannt. Die einzigen Geräusche, die er hörte, waren sein eigener Atem und Herzschlag, und das Rauschen von Blut in seinen Ohren. Niemand schien ihr Eindringen bemerkt zu haben; bisher.

Er kroch zur gegenüberliegenden Kante des Daches und sah in die Tiefe. Eine halbe Körperlänge unter ihm lag ein weiteres Flachdach, von dem aus es einen bogenförmigen, mit Tuch verhängten Eingang zu einem der Gebäude gab.

Torian hatte genug gesehen. Er kroch zu Garth zurück und bedeutete dem Dieb mit einer Handbewegung, nachzukommen. Er wagte nicht zu reden. In dieser absoluten Totenstille mußte jedes geflüsterte Wort weithin hörbar sein.

Garth brauchte nur Augenblicke, bis er neben ihm war. Lautlos wie Schatten huschten sie vorwärts, ließen sich auf das niedrigere Dach hinunter und blieben neben dem Torbogen stehen. Torian zog sein Schwert, wobei er die Klinge zwischen den Fingern durchgleiten ließ, so daß sie nicht den kleinsten Laut verursachte. Mit einer Hand griff er nach dem Vorhang, schob ihn ein Stück zur Seite und spähte durch den so entstandenen Spalt. Ein langer, von mehreren fast heruntergebrannten Fackeln schwach erleuchteter Gang erstreckte sich vor ihnen.

Lautlos glitten sie in den Korridor, dessen Seiten zahlreiche, allerdings ausnahmslos verschlossene Türen säumten. Garth rüttelte prüfend an einer Klinke und schüttelte den Kopf. Möglicherweise hätten sie sie aufbrechen können – aber der Lärm hätte sie verraten.

»Wir müssen...«, begann Torian, brach abrupt ab und stieß Garth in eine Türnische.

Keine Sekunde zu spät. Knarrend schwang ein Stück vor ihnen eine Tür auf. Eine Gestalt in einer bodenlangen, braunen Kutte trat auf den Gang. Das Gesicht war unter einer spitzen, weit in die Stirn gezogenen Kapuze verborgen, die Hände waren vor der Brust gefaltet. Ohne auch nur einen Blick in ihre Richtung zu werfen, ging sie ein Stück den Gang entlang und blieb vor einer weiteren Tür stehen. Sie klopfte und murmelte ein paar leise, unverständliche Worte, ehe sie eintrat.

Torian wechselte einen kurzen Blick mit Garth. Der Dieb grinste.

»Ich schätze, du denkst das gleiche wie ich«, flüsterte er.

»Priester war schon immer mein Traumberuf«, gab Torian ebenso leise zurück.

Sie schlichen auf die Tür zu, durch die der Priester verschwunden war. Durch das massive Holz drang kein Laut, aber Torian sah Licht durch einen schmalen Spalt schimmern. Garth nickte ihm kurz zu, drückte die Klinke herunter und stieß die Tür mit einem kraftvollen Ruck auf.

Nebeneinander sprangen sie in den Raum.

Es war ein kleines, karg möbliertes Zimmer mit rauhen Steinwänden. Ein kaum kopfgroßes Fenster gähnte wie ein gezacktes Loch in der Wand, und eine Öllampe spendete dämmriges Licht. Zwei Priester knieten auf niedrigen Holzbänkchen vor einem altarähnlichen Gebilde in einer Ecke. Als die Tür geöffnet wurde, fuhren sie herum.

Torian sprang auf den ersten zu. Er rechnete nicht mit großem Widerstand.

Aber ganz offensichtlich wurden die Priester hier ein wenig anders ausgebildet als in den Kirchen und Klöstern Scrooth', wo sie nur Beten lernten. Blitzartig wich der Mann der Breitseite des Schwertes aus, mit der Torian nach ihm schlug, riß die Kniebank hoch und schleuderte sie ihm wuchtig entgegen.

Torian versuchte noch in der Bewegung auszuweichen, aber es gelang ihm nicht. Die zum Wurfgeschoß umgewandelte Bank knallte schmerzhaft gegen seine Schienbeine und brachte ihn aus dem Gleichgewicht. Von seinem eigenen Schwung nach vorne gerissen, stürzte er zu Boden und schlug mit dem Kopf gegen die Wand. Für die Dauer eines Lidschlages wurde ihm schwarz vor Augen. Er blinzelte, drehte sich schwerfällig herum und schüttelte die Benommenheit ab.

Er war kaum eine halbe Sekunde außer Gefecht gesetzt gewesen, aber die Männer in den braunen Kutten reagierten mit fast übermenschlicher Schnelligkeit. Er sah, wie der Priester in einen Ärmel seiner Kutte griff. Als er die Hand wieder hervorzog, hielt er etwas metallisch Glänzendes zwischen den Fingern. Seine Hand vollführte eine knappe, unglaublich *schnelle* Bewegung.

Torian warf sich verzweifelt zur Seite. Der Wurfdolch verfehlte sein Gesicht um kaum eine Handbreit und prallte klirrend gegen die Wand.

Bevor der Priester nach einem weiteren Dolch greifen konnte, sprang Torian hoch. Er hatte den Priester unterschätzt, aber jetzt war er vorgewarnt. An der verkrampften Haltung seines Gegners erkannte er, daß der Mann zwar mit Waffen umzugehen vermochte, aber kein allzu geübter Kämpfer war.

Torian machte einen halben Schritt nach vorn und täuschte einen Angriff vor. Wiederum reagierte der Priester mit ungeheurer Schnelligkeit – aber nicht besonders klug. Torian wechselte sein Schwert in die andere Hand, wirbelte einmal um die eigene Achse und trat noch aus der Drehung heraus zu. Sein Fuß traf die Hand des Priesters und prellte ihm einen weiteren Wurfdolch aus den Fingern, dann traf seine Faust mit dem Schwertknauf in das Dunkel unter der Kapuze.

Mit einem leisen Stöhnen brach der Priester zusammen. Torian wandte sich um.

Garth' Gegner lag ebenfalls bewußtlos auf dem Boden. Grinsend lehnte der Dieb neben der geschlossenen Tür.

»Wurde auch Zeit«, spottete er. »Du wirst langsam alt, scheint mir.«

»Ich hätte dich wohl besser allein hereingeschickt«, knurrte Torian. »Wie wäre es, wenn du mir mal helfen würdest?«

Er beugte sich über den Priester und schlug die Kapuze zurück. Ein jugendliches, fast noch kindliches Gesicht kam darunter zum Vorschein. Der Priester konnte nicht älter als höchstens sechzehn oder siebzehn Jahre sein. Erster heller Bartflaum zeigte sich auf seinem Kinn.

Torian schüttelte ihn, richtete ihn schließlich auf und riß ihn mit ein paar saftigen Ohrfeigen aus der Ohnmacht. Es tat ihm plötzlich fast leid, den Jungen so hart angegriffen zu haben. Er war sehr froh, daß er ihn nicht getötet hatte.

Stöhnend schlug der Junge die Augen auf. Als er Torian erkannte, fuhr er erschrocken zusammen und versuchte sich loszureißen, aber Torian packte noch fester zu und riß ihn unsanft auf die Beine.

»Laß es, Junge«, sagte er, als der Priester nach ihm zu treten versuchte. »Ich schlage mich nicht gerne mit Kindern, aber ich lasse mich auch nicht gerne von ihnen schlagen.« Er sah, wie der Junge erbleichte, und setzte das finsterste Gesicht auf, das er zustande brachte. »Ich mag es auch nicht, wenn man mich aufzuspießen versucht«, fuhr er fort. »Wenn du mit dem Kopf nur halb so schnell wie mit den Fingern bist, solltest du mir jetzt ganz schnell sagen, wo sich die Tempelpriesterin Shyleen befindet.« Er verzog den Mund zu einem bösen – und wie er hoffte furchteinflößenden – Lächeln. »Ich verliere nämlich ziemlich rasch die Geduld, weißt du?«

Trotzig starrte der Priester ihn an, aber es gelang ihm nicht ganz, seine Furcht zu verbergen. »Von mir erfährst du gar nichts.«

Torian seufzte.

»Findest du nicht, daß du noch ein bißchen zu jung bist, um den Helden zu spielen? Du...«

»Paß auf!« schrie Garth.

Torian reagierte einen Herzschlag zu spät.

Der Blick des Priesters verklärte sich für einen kurzen Moment – und brach. Gleichzeitig erschlaffte sein Körper. Fassungslos ließ Torian ihn zu Boden gleiten, starrte einen Moment in seine weit offenstehenden, gebrochenen Augen und fühlte ungläubig nach seinem Pulsschlag.

Es gab keinen.

Der Junge war tot.

Garth stürzte sich auf den zweiten Priester, den er niedergeschlagen hatte und riß ihm die Kapuze vom Kopf.

Der Mann war ebenfalls tot.

»Großer Gott«, stammelte Torian. »Was... was ist geschehen?«

»Sie haben sich selbst umgebracht«, murmelte Garth. Er sah eher wütend als betroffen aus. »Verdammt, ich hätte daran denken müssen! Jeder Priester Ch'tuons erlernt die vollkommene Körperbeherrschung. Sie haben ihren Herzschlag angehalten.«

»Das ist nicht möglich«, keuchte Torian. »Kein Mensch kann...«

»Doch«, fauchte Garth. »Sie schon. Du siehst doch, daß es geht. Steh nicht so blöd rum, sondern zieh dich endlich um, oder bekommst du plötzlich Skrupel? Wir haben nicht viel Zeit.«

Immer noch zutiefst verwirrt, zog Torian dem Toten die Kutte aus und streifte sie sich über. Die Gewänder waren weit genug geschnitten, daß sie paßten. Sogar der hünenhafte Dieb hatte keine Probleme. Torian fühlte sich nicht besonders wohl in der Kleidung eines Toten, und das hatte ganz und gar nichts mit Pietät zu tun. Diese Kleider waren so fremdartig und... unangenehm wie dieser ganze verfluchte Tempel. Noch immer zutiefst verstört – und weit mehr erschrocken, als er zuzugeben bereit war –, blickte er ein letztes Mal auf die beiden Toten hinab und trat dann neben den Dieb.

Garth warf einen sichernden Blick auf den Gang, bevor sie das Zimmer verließen. Mit hochgeschlagenen Kapuzen hasteten sie weiter und tauchten in einen anderen Korridor ein, an dessen Ende eine einzelne Fackel brannte. Der Gang war völlig kahl, es gab hier weder Fenster noch abzweigende Türen. Der Tempel schien zu einem Gutteil aus nichts anderem als leeren Gängen zu bestehen. Und doch hatte Torian nach wenigen Schritten das Gefühl, beobachtet zu werden...

Unbehaglich wandte er ein paarmal den Kopf und sah zurück, aber der Gang hinter ihnen war leer. Trotzdem wurde das Gefühl eher stärker; er glaubte, die lauernden Blicke eines unsichtbaren Beobachters wie die Berührung einer eisigen Hand in seinem Nacken zu spüren.

Ärgerlich verscheuchte er die Vorstellung. Es war nicht mehr als eine Illusion, mit der das Böse, das sich in den Mauern des Tempels manifestiert hatte, ihn zu narren versuchte. Ein weiterer Trick dieses Tempels, sich unliebsamer Besucher zu erwehren, mehr nicht. Nervös schloß er zu Garth auf. Aber seine Hand tastete unter der Kutte nach dem Schwert, ohne daß er die Bewegung zu unterdrücken vermochte.

Sie erreichten das Ende des Ganges und gingen in einen weiteren

Korridor hinein, der dem ersten völlig zu gleichen schien. Auch hier brannte nur am anderen Ende eine Fackel. Und auch hier...

Torian fuhr wie unter einem Hieb zusammen, als er begriff. Entsetzt blieb er stehen. »Das... das ist doch nicht möglich!« flüsterte er. Seine Augen wurden groß, als er sich herumdrehte und die schier endlose Phalanx der Gänge sah, die halbkreisförmig hinter ihnen abzweigten, einer ein perfektes Ebenbild des anderen, lang und kahl und mit einer brennenden Fackel am Ende.

»Bei allen Göttern«, ächzte Garth. Er schlug seine Kapuze zurück, um besser sehen zu können. Es war das erste Mal, seit sie den Berg erreicht hatten, daß Torian eine Gefühlsreaktion bei ihm entdeckte, die über bloßen Sarkasmus hinausging. Es war absurd – aber es erfüllte ihn mit einem Gefühl irrwitziger, so starker Erleichterung, daß er für einen kurzen Moment sogar seine Umgebung vergaß. Die unheimliche Verwandlung, die der Dieb durchgemacht hatte, hatte ihn mehr erschreckt, als ihm selbst bisher klargeworden war. Die ganze Zeit über hatte er das Gefühl gehabt, einem Fremden zu folgen, jemandem, der aussah wie Garth und der sich auch so bewegte, aber dem die Fähigkeit zu *fühlen* fehlte. Nichts schien ihn überraschen zu können. Fast, als wäre er schon einmal hiergewesen, und dies alles ihm vertraut, ohne daß er sich bemühte, es allzu offen zu zeigen.

Sein plötzliches Entsetzen aber war echt, und in seinen Augen spiegelte sich mit einem Mal eine so abgrundtiefe Furcht, daß Torians Erleichterung jäh in das Gegenteil umschlug.

Mit zwei raschen Schritten trat der Dieb an eine Wand und ließ seine Finger über das Gestein gleiten. Er trat in einen der Gänge, berührte auch dort die Wand, fuhr sofort wieder herum und hastete in einen anderen Gang.

»Das... das ist Zauberei!« keuchte er. »Torian, das ist unmöglich! Wir sind an keiner einzigen Abzweigung vorbeigekommen, das weiß ich genau!«

»Ich... ich habe ebenfalls keine gesehen«, erwiderte Torian mühsam. Ein Gefühl immer stärker werdender Hysterie begann sich in ihm breitzumachen. »Wie kann denn plötzlich...« Er brach verwirrt ab und blickte sich noch einmal um. Auch vor und neben ihnen mündeten nun wie aus dem Nichts zahlreiche Gänge, so daß sie im Mittelpunkt von mehr als drei Dutzend Korridoren standen. Unsicher trat er ebenfalls auf einen der Gänge zu, die vorher mit Sicherheit *nicht* dagewesen waren.

Mit aller Macht klammerte er sich an die Hoffnung, nur einer optischen Täuschung aufgesessen zu sein und im nächsten Moment gegen eine unsichtbare, massive Wand zu prallen.

Aber nichts dergleichen geschah. Nichts hinderte ihn am Weitergehen. Die Gänge waren ebenso real wie die Mauern zuvor.

Und trotzdem war es unmöglich!

»Was geschieht mit uns, Garth? Was hat das alles zu bedeuten?« murmelte er.

Hilflos hob der Dieb die Schultern. »Ich weiß es nicht. Aber wir werden es herausfinden. Komm, wir können hier nicht bleiben.«

Er wandte sich zum Gehen, aber Torian hielt ihn noch einmal zurück.

»Warte«, sagte er hastig, als Garth sich mit einem Ruck freimachen wollte. »Ich weiß nicht, was mit dir los ist, aber du verschweigst mir etwas. Sag mir endlich, was mit dir geschehen ist.«

»Ich weiß nicht, was du...«

»Verkauf mich nicht für dumm!«, unterbrach Torian ihn scharf. »Das ist kaum der Moment für irgendwelche Spielchen. Du weißt genau, was ich meine. Warum hast du dich mit einem Mal entschieden, mir zu helfen? Woher diese plötzliche Energie? Und was weißt du über diesen Tempel? Es war doch kein Zufall, daß wir den unterirdischen Stollen gefunden haben. Solche Zufälle gibt es nicht. Du *wußtest*, daß er da ist, und daß wir auf diesem Weg in den Tempel kommen. Woher, Garth? Was ist los mit dir?«

Garth starrte ihn hilflos an. Für einen ganz kurzen Moment machte sich auf seinem Gesicht ein Ausdruck von Bestürzung breit, fast so etwas wie jähes Begreifen, dann verzerrte es sich zu einer Grimasse des Schreckens. Er hob die Hand und massierte verwirrt seine Stirn.

»Ich... ich weiß es nicht«, stieß er gequält hervor. »Ich meinte den Weg gesehen zu haben und...«

Er brach ab. Ein Ruck ging durch seine Gestalt. Er straffte sich. »Es war einfach ein Versuch. Wir konnten nicht weiter durch die Schlucht reiten, das hätte jeder Idiot erkannt. Und Angst habe ich noch genauso wie vorher, das kannst du mir glauben. Und schließlich warst *du* es doch, der mir erklärt hat, wie wichtig unser Auftrag ist. Also sehen wir zu, daß wir Shyleen finden – oder?«

Torian musterte ihn einige Sekunden lang durchdringend. Er schwieg, obwohl es viel gegeben hätte, was er hätte sagen können. Er hatte Garth' Selbstsicherheit für einen Moment erschüttern können, aber der Augenblick war vorbei. Und doch hatte Garth ihm etwas verraten, vielleicht mehr, als ihm selbst bewußt wurde. Er hatte bestätigt, daß etwas mit ihm nicht mehr stimmte; weniger durch seine Worte als durch sein Verhalten. Der Schrecken auf Garth' Gesicht, als er selbst für einen Augenblick die Wahrheit erkannt hatte, war echt gewesen, aber viel wichtiger war das Erschlaffen seiner Züge gewesen, das seinem Gesicht für einen Augenblick einen so maskenhaften, leblosen Ausdruck verliehen hatte. Torian hatte es schon einmal gesehen, vor nicht einmal einem Tag. Und endlich begriff er.

Visionsartig erlebte er noch einmal Salamirs Tod, sah, wie der Magier sich in seinen Armen aufbäumte und im Augenblick seines Todes Garth fast beschwörend anstarrte. *Etwas* mußte in diesem Moment schon geschehen sein, das erst bei Erreichen des Berges seine Macht entfaltet hatte. Noch im Augenblick seines Todes hatte Salamir den Dieb mit einem Bann belegt, um zu verhindern, daß Garth noch einmal von seiner Angst überwältigt wurde und floh.

Torian wußte nicht, wie Garth' Auftrag lautete und welche Wirkung Salamirs Bann wirklich hatte. Bislang hatte er ihnen geholfen, ihnen den richtigen Weg gewiesen; aber zumindest von diesem Labyrinth hatte Salamir offensichtlich nichts gewußt.

Wütend ballte Torian die Fäuste. Salamir hatte Garth seelisch vergewaltigt, ihn zu einer Marionette gemacht, auch wenn es in bester Absicht geschehen war. Torian versuchte Haß auf den Magier zu empfinden, aber wie zuvor gelang es ihm auch jetzt nicht. Trotz seiner ungeheuren Kräfte war Salamir ein alter, verbitterter Mann gewesen, der sein Leben geopfert hatte, weil er eine Gefahr erkannt hatte, aber zu schwach gewesen war, sie erfolgreich zu bekämpfen. Die Entscheidung, eine solche Verantwortung in die Hände zweier Menschen zu legen, die nicht annähernd seine Kraft besaßen, mußte aus reiner Verzweiflung geboren sein. Von Salamirs Standpunkt aus war es vielleicht sogar verständlich, daß er sich mit allen ihm zur Verfügung stehenden Mitteln abzusichern versuchte.

Aber das gab ihm noch lange nicht das Recht, einen Menschen in eine Puppe zu verwandeln, dachte Torian wütend.

Und jetzt fielen ihm noch andere Veränderungen auf: Garth bewegte sich langsamer als gewohnt, eine kaum wahrnehmbare Winzigkeit nur, doch mochten auch diese Bruchteile von Sekunden in einem Kampf über Leben und Tod entscheiden.

Was noch? dachte er. Was würde er noch an Garth bemerken – vielleicht zu spät?

Einen Moment lang überlegte er, Garth einfach die Wahrheit zu sagen und abzuwarten, was geschah, verwarf den Gedanken aber fast so schnell, wie er ihm gekommen war. Er wußte nicht, was geschehen würde, selbst wenn es ihm gelänge – was nicht sehr wahrscheinlich war –, den Bann zu brechen.

Aber er nahm sich vor, in Zukunft noch besser auf den Dieb zu achten, um eventuelle weitere Folgen von Salamirs Tun frühzeitig zu erkennen.

»Wir müssen weg hier«, drängte der Dieb noch einmal. »Wer auch immer diese Falle aufgestellt hat, weiß, daß wir hier sind.«

»Und wohin?« fragte Torian. »Du weißt nicht zufällig, welches der richtige Weg ist?«

»Nein.« Garth schüttelte den Kopf. Wenn er den lauernden Unterton in seinen Worten überhaupt gehört hatte, verstand er ihn nicht. »Vielleicht gibt es so etwas wie einen richtigen Weg gar nicht«, knurrte er. »Jedenfalls kommen wir *hier* nicht weiter. Aber da wir hereingekommen sind, müssen wir auf gleichem Weg auch wieder hinauskommen. Versuchen wir zurückzugehen und einen anderen Eingang zu finden. Ich glaube, wir sind von dort gekommen.«

Er deutete scheinbar wahllos auf einen Gang. Torian hatte längst die Orientierung verloren und zuckte deshalb nur mit den Schultern. Zur Sicherheit schlug er dicht über dem Boden mit dem Schwert eine kleine Kerbe in die Wand, dann drangen sie in den Gang ein.

Nach einigen Schritten blieb Torian stehen und sah zurück, eigentlich, ohne selbst zu wissen, warum. Wieder zweigten direkt hinter ihnen mehr als ein Dutzend verschiedener Gänge ab.

Und jeder einzelne zeigte wenige Fingerbreit über dem Boden eine Kerbe.

Torian wußte längst schon nicht mehr, wie lange sie bereits durch das Gewirr der Gänge geirrt waren. Von jedem Gang, den sie betraten, zweigten schon nach wenigen Schritten Dutzende neue ab, die völlig identisch waren, und verzweigten sich zu einem Labyrinth unvorstellbaren Ausmaßes. Sie versuchten in eine Richtung zu gehen, doch spätestens am Ende eines Ganges mußten sie sich für eine neue entscheiden.

Einige Male brachte Torian weitere Markierungen an, damit sie wenigstens erkannten, wenn sie im Kreis liefen. Es half nichts. Jeder neue Gang, in den sie traten, trug die gleiche Markierung.

Sie sprachen nicht mehr miteinander, denn jedes Wort wäre sinnlos gewesen. Torian wußte, daß sie verloren waren, wenn kein Wunder geschah. Das Labyrinth war nicht real, sondern eine weitere Falle, die nur in ihren Köpfen existierte. Es war zu groß, um in einem der Gebäude Platz zu finden, und nur eine weitere Illusion, in der sie gefangen waren.

Aber es machte keinen Unterschied, ob sie in einem realen oder einem irrealen Labyrinth verhungerten. Garth hatte sich geirrt. Sie würden keinen Ausweg finden, weil es keinen gab. Das Labyrinth hatte sie eingelassen und sich hinter ihnen geschlossen.

Dicht an einer Gabelung ließ er sich zu Boden sinken. Seine Kräfte waren noch nicht erschöpft, im Gegenteil, er fühlte sich genauso stark wie vor ein paar Stunden, aber es war eine trügerische Stärke, jene Kraft, die die Angst gebar, und der irgendwann eine ebenso tiefe Erschöpfung folgen würde. Es hatte keinen Sinn, weiter blindlings umherzuirren.

Garth ging noch einige Schritte, kehrte dann um und setzte sich ebenfalls. »Sieht schlecht aus«, brummte er.

»Was du nicht sagst«, entgegnete Torian bissig. »Fällt dir nicht vielleicht ein Zauberspruch ein, der uns hier rausbringt? Oder würde etwa gar der große Salamir vor diesem Labyrinth kapitulieren?«

Etwas an der Betonung der Worte ließ Garth erkennen, daß sich mehr als nur Hohn hinter der Frage verbarg. Seine Augen verengten sich. »Was soll das bedeuten?« fragte er.

»Nichts, vergiß es.« Torian ließ seine Worte bewußt beiläufig klingen und wandte seinen Blick ab, in Wirklichkeit aber beobachtete er Garth verstohlen aus den Augenwinkeln. Garth' Reaktion schien zu beweisen, daß Salamir seinen freien Willen nicht ganz hatte ausschalten können – oder wollen. Er hoffte, Garth würde auf eine Erklärung drängen, aber nach wenigen Sekunden machte sich wieder Gleichgültigkeit auf dem Gesicht des Diebes breit.

»Keine Zaubersprüche«, erklärte er matt. »Uns bleibt wohl nichts anderes übrig, als zu warten, bis Cuul mit seinen Schergen auftaucht.« Er zog eine Grimasse. »Das geht wenigstens schneller als verhungern.«

Torian lachte humorlos. »Ich fürchte, wir werden sehr lange warten müssen. Für diese Falle sind nicht die Priester verantwortlich.«

»Ach nein? Wer denn sonst?«

»Das weißt du so gut wie ich.« Torian schlug wütend mit der Faust gegen die Wand. Es gab einen dumpfen Laut, der wie das Grollen eines zornigen Riesen klang. »Es ist der Tempel selbst. Dieselbe Macht, die für die anderen Illusionen verantwortlich war. Die Magie der Schwarzen oder meinetwegen ihrer Götter. Das Böse, das den Tempel erfüllt. Nenn es, wie du willst.«

»Wie pathetisch«, spottete Garth. »Und das von dir. Ich denke, der große Torian Carr Conn glaubt nicht an *Magie?*«

»Ich meine es ernst«, fauchte Torian verärgert. »Dieser Tempel ist viel mehr als nur toter Stein. Und wenn du mir...«

»Still!« zischte Garth und packte sein Schwert fester. Gleichzeitig sprang er auf.

Torian tat es ihm gleich. Auch er hörte das Geräusch; ein leises Schaben und Gleiten, das sich ihnen näherte und zu schlurfenden Schritten wurde. Wer auch immer es verursachte, gab sich keine Mühe, besonders leise zu sein. Die Schritte klangen nicht gerade nach den schweren Tritten der Krieger oder dem federnden Schritt der Priester, aber in dieser Umgebung war es vielleicht klüger, alles Unbekannte erst einmal als Gefahr zu betrachten.

Torian huschte lautlos auf die Gangbiegung zu und preßte sich mit zum Schlag erhobenem Schwert an die Wand. Ohne daß sie sich absprechen mußten, postierte sich Garth zwei Schritte hinter ihm, als wären sie ein seit Jahren aufeinander eingespieltes Team.

Torian lauschte den Schritten und versuchte an ihrem Klang die Entfernung abzuschätzen. Als der Unbekannte sich direkt hinter der Biegung befinden mußte, sprang er vor. Im zwielichtigen Schein der Fackel sah er etwas Kleines, Dunkles und versetzte dem Wesen mit dem Schwertknauf einen wuchtigen Stoß, der es direkt auf

Garth zutrieb. Noch bevor der Unbekannte begriff, wie ihm geschah, lag er bereits auf dem Boden, und zwei Schwertspitzen waren auf seine Kehle gerichtet. Ein hohes, ängstliches Wimmern kam über seine Lippen.

Es war weder ein Krieger noch ein Priester.

Das Wesen war ein Zwerg, kaum größer als ein Kind, mit bräunlicher, runzeliger Haut, die wie trockenes Pergament aussah, kahlem Schädel und knopfgroßen Augen, in denen Furcht geschrieben stand, die aber nach einem Moment der Überraschung einer fast trotzigen Verwunderung wich.

»Was wollt ihr von mir?« keifte der Gnom mit schriller Stimme und entblößte beim Sprechen faulige Stümpfe, die wohl einmal Zähne gewesen waren. »Was fällt euch ein, mich so zu erschrekken?«

Es fiel Torian schwer, dem Blick der treuherzigen Kinderaugen standzuhalten. Einem ersten Impuls folgend hob er das Schwert ein wenig an, senkte die Klinge dann aber sofort wieder. Die schlechten Erfahrungen mit den Priestern hatten ihn noch vorsichtiger werden lassen. Noch einmal würde er einen Gegner nicht unterschätzen. »Das gleiche wollte ich dich fragen«, gab er scharf zurück.

»Ich bin Krila«, antwortete der Gnom. »Da freut man sich, nach so vielen Jahren endlich wieder jemanden zu treffen, mit dem man ein Schwätzchen halten kann, und ich gerate ausgerechnet an solche groben Klötze.« Er schüttelte mißbilligend den Kopf, soweit es die beiden Schwertklingen zuließen. »Also wirklich, nett ist das nicht.«

Nur mit Mühe konnte Torian ein Grinsen unterdrücken. Er wechselte einen raschen Blick mit Garth. Der Dieb zuckte nur hilflos mit den Schultern. Der Gnom machte alles andere als einen gefährlichen Eindruck, aber Torian blieb weiterhin mißtrauisch.

»Was machst du hier?« knurrte er.

»Na was schon? Es ist ja so entsetzlich langweilig, seit ich in dieses verdammte Labyrinth geraten bin. Aber jetzt seid ihr ja da. Ihr solltet euch wirklich mit mir vertragen, denn ich glaube, wir werden

ziemlich lange miteinander auskommen müssen.« Er stieß ein meckerndes Gelächter aus. »Eine Ewigkeit ist nämlich eine ganz schön lange Zeit, wißt ihr?«

Garth bückte sich, packte den Gnom und hob ihn mühelos mit einer Hand hoch. Hilflos zappelte das Wesen im Griff des Hünen.

»Halt uns nicht zum Narren, oder ich laß dich glatt in der Luft verhungern«, drohte Garth.

Wieder begann der Gnom schrill zu lachen

»Verhungern, pah. Ich seid noch nicht lange hier, wie?« Er kicherte. »Ich glaube, ihr habt es wohl immer noch nicht kapiert, wie? Hier kann keiner sterben, nur leiden.« In einer unmöglich anmutenden Bewegung bog und wand er seinen Körper und rutschte plötzlich aus Garth' Griff. Unsanft plumpste er aus einem halben Meter Höhe zu Boden, rappelte sich sofort wieder auf und stemmte die Fäuste in die Hüften. »Das Labyrinth läßt niemanden sterben. Genau wie ich werdet ihr ewig leben und für ewig in diesen Mauern gefangen sein. Und in ein paar Jahren werdet ihr genauso aussehen wie ich.«

»Das... das ist nicht wahr!« murmelte Torian. »Du bist verrückt und...«

»Verrückt? Was meint ihr, wie verrückt ihr bald sein werdet, wenn eure Körper sich selbst verzehren. Eure Haut wird austrocknen, euer Fleisch verdorren und eure Knochen...«

Torian hob die Hand, als wolle er nach dem Zwerg schlagen, und der Gnom brachte sich mit einem raschen Satz in Sicherheit.

Garth packte Torians Hand und drückte sie herunter.

»Er hat recht«, sagte er ruhig. »Daran kannst du auch mit Schlägen nichts ändern.«

Torian atmete ein paarmal tief durch und zwang sich zur Ruhe. Er hatte gelernt, seine Gefühle zu beherrschen, auch und gerade, wenn er besonders aufgeregt war, aber diesmal fiel es ihm schwer, viel schwerer als gewöhnlich.

»So gefällt mir das schon besser«, sagte der Gnom. »Wenn ich nun also weitererzählen kann, was mit euch...«

Torian warf ihm einen vernichtenden Blick zu.

»Schon gut, schon gut«, maulte der Kleine. »Am besten wärt ihr gar nicht gekommen. Wenn ich mir vorstelle, euch jetzt für ein paar Jahrhunderte zu ertragen, brrr.« Er schüttelte sich. »Vielleicht ist es besser, wenn ihr direkt wieder verschwindet.«

»Liebend gern«, spottete Garth. »Du brauchst uns nur den Ausgang zu zeigen, und wir sind sofort wieder weg.«

»Und was bekomme ich dafür?« Ein gieriges Funkeln trat in die Augen des Gnoms.

Torian blinzelte verwirrt. Krilas Stimme war frei von jeglichem Spott. »Du willst damit sagen, daß es tatsächlich...«

»Schließlich seid ihr hereingekommen, also gibt es auch einen Ausgang. Aber allein könnt ihr suchen, bis ihr schwarz werdet.« Krila kicherte irr. »Wortwörtlich. Ich habe selber mehr als zwei Jahrhunderte gebraucht.«

»Warum bist du nicht schon längst abgehauen, wenn du den Weg kennst?« fragte Garth mißtrauisch.

»Es geht nicht«, antwortete der Gnom. Ein Ausdruck von Trauer machte sich auf seinem Gesicht breit. »Das Labyrinth gibt niemanden mehr frei, der sich länger als ein paar Tage hier aufgehalten hat. Es erhält euch am Leben, aber es fordert auch seinen Preis.«

»Dann bring uns hier heraus«, sagte Torian. »Dann bist du uns los.«

»Wir haben uns aber noch nicht über meinen Preis geeinigt.« Krila grinste unverschämt und deutete auf ihre Schwerter. »Die gefallen mir. Wenn noch mal jemand herkommt, brauche ich mir wenigstens nicht alles gefallen zu lassen. Gebt sie mir, und ich führe euch hinaus.«

Entschieden schüttelte Torian den Kopf. »Kommt überhaupt nicht in Frage. Wir brauchen die Waffen.«

Das Grinsen des Gnoms wurde noch unverschämter. »Natürlich,

ihr braucht sie ja beim Suchen. Dann seht mal zu, wie ihr hinausfindet. Und denkt dran, ihr habt nicht viel Zeit. Das heißt – eigentlich habt ihr alle Zeit der Welt.«

Wieder mußte sich Torian mühsam beherrschen, dem Zwerg das unverschämte Grinsen nicht einfach aus dem Gesicht zu schlagen. Er verstand selbst nicht, wieso Krilas Anblick solche Aggressivität in ihm weckte. Es mußte an dem Tempel liegen, an der Aura des Bösen, die das Labyrinth erfüllte und sich immer stärker auch in seine Seele stahl und sie zu vergiften begann.

Vielleicht wurde er auch einfach nur verrückt.

»Wir haben keine andere Wahl«, sagte Garth. »Wir können uns später neue Waffen beschaffen.«

»Wir können auch warten, daß die Priester uns hier herausholen«, gab Torian wütend zurück, obwohl es das Gegenteil von dem war, was er noch vor kurzem gesagt hatte. »Cuul wird sich die Gelegenheit nicht entgehen lassen, uns in die Hände zu bekommen.«

»Dummkopf«, sagte Krila gelassen. »Nicht einmal Cuul persönlich würde sich hierher wagen. Der Tempel ist uralt, und die Priester haben ihn nur übernommen. Auch nach einem Jahrtausend haben sie noch nicht die ganze Anlage erforschen können. Selbst ihnen droht hier noch Gefahr. Also, was ist nun?«

Garth reichte dem Gnom sein Schwert. Torian zögerte kurz, murmelte einen bösen Fluch und tat es ihm dann gleich. Es waren primitive Schwerter, zu leicht und zu schlecht ausbalanciert, als daß ihm ernsthaft etwas daran liegen würde, aber es waren die einzigen Waffen, die sie besaßen.

Bewundernd strich Krila über die Klingen, nickte zufrieden und klemmte sich die Schwerter unter den Arm. Sie waren um ein gutes Drittel länger als seine Beine, so daß er sie nicht in den Gürtel stekken konnte.

»Hier lang, sagte er und deutete auffordernd in die Richtung, aus der er gekommen war.

Torian wußte im nachhinein nicht mehr zu sagen, wie lange sie ihm durch das steinerne Labyrinth gefolgt waren. Jeder Gang sah genauso aus wie der vorige, aber Krila fand sich mit traumwandlerischer Sicherheit darin zurecht. Nicht ein einziges Mal blieb er stehen, um sich im Gewirr der abzweigenden Gänge zu orientieren, nicht ein einziges Mal war ihm ein Zögern oder auch nur ein kurzer Moment der Unsicherheit anzumerken.

Die ganze Zeit über ließ Torian ihn keine Sekunde aus den Augen. Er konnte immer noch nicht an den Zufall glauben, der ihnen den Gnom als Lebensretter geschickt hatte, aber er fand keinen Grund, aus dem Krila sie belügen sollte, sosehr er sich auch das Gehirn zermarterte. Etwas stimmte nicht, aber er wußte nicht, was ihn störte. Die Falle war bereits perfekt, ihre Lage konnte sich nicht noch mehr verschlechtern. Der Gnom bot ihnen wenigstens noch eine kleine Chance.

Schließlich blieb Krila vor einer Wand stehen und deutete darauf. »Hier ist es«, erklärte er triumphierend.

Diesmal packte Torian so schnell zu, daß der Gnom nicht mehr ausweichen konnte. »Ich habe die ganze Zeit geahnt, daß du nur...«

Ein überraschter Ausruf Garth' ließ ihn verstummen. Der Dieb hatte die Wand berührt, ohne auf Widerstand zu stoßen. Seine rechte Hand war bis zum Gelenk in dem massiven Fels verschwunden.

»Grobian!« schimpfte Krila. »Natürlich sieht man den Ausgang nicht, sonst würde ja selbst ein Dummkopf wie du ihn sofort finden. Laß mich jetzt endlich runter und verschwinde.«

»Es... tut mir leid«, sagte Torian stockend und setzte den Gnom vorsichtig ab. Er ärgerte sich wirklich über seine Grobheit – und fühlte sich hilflos wie selten zuvor. »Du kannst wirklich nicht mit uns kommen?«

»Nein, das habe ich doch schon erklärt. Aber wenn es euch nicht zuviel Mühe macht, könntet ihr vielleicht den Tempel zerstören, dann wäre auch meine Gefangenschaft beendet.« Krila lächelte gequält. »Aber eben nur, wenn es euch nicht zuviel Mühe macht.«

»Wenn du uns wenigstens ein Schwert läßt, sind unsere Chancen dazu schon wesentlich größer«, erwiderte Torian im gleichen Tonfall. »Es muß doch lästig für dich sein, dauernd zwei der schweren Dinger mit dir herumzuschleppen. Du kannst sowieso höchstens mit einem kämpfen.«

Der Gnom schüttelte den Kopf. »Kommt nicht in Frage.«

Einen Moment spielte Torian mit dem Gedanken, sich die Waffen einfach mit Gewalt zurückzuholen, aber abgesehen davon, daß es ein mehr als schäbiger Lohn für die Hilfe wäre, hätte er den flinken Gnom wohl auch kaum erwischt. Und er hatte keine besondere Lust, ihm nachzulaufen. Besonders nicht in *dieser* Umgebung.

Garth schritt vollends durch die Wand, und Torian folgte ihm.

Es war, als schritte er durch Watte. Er fühlte einen starken Sog und wollte zurückweichen, von plötzlicher Panik erfaßt, als irgend etwas ihn nach vorne riß, aber es gelang ihm nicht mehr. Im selben Moment, in dem die Wand ihn vollends verschluckte, glaubte er, sein Körper würde in alle Richtungen zugleich auseinandergerissen. Er wollte schreien, doch nicht einmal das gelang ihm. Ein brüllender, sengend heißer Feuersturm fauchte über ihn hinweg und hüllte ihn in einen Mantel aus wabernder Höllenglut. Jede Faser seines Körpers schien zu brennen, und ein aus dem Nichts einsetzender Orkan riß ihn mit sich fort, immer noch tiefer hinein in diese Hölle aus unerträglicher Hitze und greller Helligkeit.

Ewigkeiten schienen zu vergehen, bis sein Sturz durch die Unendlichkeit endete. Unter sich fühlte er wieder harten Boden, aber immer noch schien sein Körper in Flammen und verzehrende Glut gebadet. Schreiend wälzte er sich herum. Es dauerte endlose Minuten, bis der Schmerz abklang.

»Eine beeindruckende Vorstellung«, sagte jemand.

Mühsam hob Torian den Kopf.

Er war nicht einmal besonders überrascht.

Umgeben von einem Dutzend seiner Krieger stand Cuul vor ihm.

Ein halbes Dutzend Schwertklingen folgte seinen Bewegungen, als Torian aufstand. Er wollte instinktiv zurückweichen, doch in seinem Rücken spürte er nur eine massive Wand, wo gerade noch der Zugang zu dem Labyrinth gewesen war.

»Ich hätte es wissen müssen«, knurrte Garth neben ihm. »Es war eine so plumpe Falle, daß nicht einmal ein Kind darauf hereingefallen wäre, aber ich habe es vor lauter Freude nicht wahrhaben wollen.«

»Warum?« fragte Torian tonlos.

Cuul lachte, ein böses, gemeines Lachen, ein Laut wie das Knistern trockener Blätter.

»Krila hat die Wahrheit gesagt. Es gibt auch für uns hier noch Orte, an denen unsere Macht endet. Der Tempel gibt ein Opfer von allein nicht wieder frei, so erschuf ich durch meine Geisteskraft den Gnom und schickte ihn in das Labyrinth. Ihr müßt zugeben, daß er seine Aufgabe gut gemacht hat, nicht wahr? Er hat euch nicht nur zu mir geführt, sondern euch auch noch entwaffnet.«

Zornig und hilflos sah Torian sich um. Hinter ihm befand sich nur die Mauer. Der Weg nach vorne wurde ihm von Cuul und den Kriegern versperrt. Sie hielten Schwerter in der Hand, und Torian hatte in der vergangenen Nacht erlebt, wie gut sie damit umzugehen verstanden. Waffenlos hatten Garth und er keine Chance.

Bewaffnet wahrscheinlich auch nicht. Aber er hätte sich mit einem Schwert in der Hand einfach wohler gefühlt.

Der Priester deutete seinen Blick richtig.

»Laß es«, sagte er lächelnd. »Ihr kämt keine drei Schritte weit.«

Kampfeslustig streckte Garth das Kinn vor und ballte die Fäuste. »Eigentlich ist es mir egal, wie wir sterben«, knurrte er. »Oder bist zu zufällig hergekommen, um uns ans Tor zu geleiten und unserer Wege ziehen zu lassen?« Im nächsten Moment stieß er sich ab und warf sich mit weit ausgebreiteten Armen auf Cuul.

Die Bewegung war so schnell, daß die Krieger um eine Winzigkeit zu spät reagierten. Der Dieb riß mehr als die Hälfte von ihnen und den Priester mit sich zu Boden.

»Lauf!« schrie er.

Torian reagierte augenblicklich. Er hetzte los, an dem Knäuel ineinander verschlungener Leiber vorbei, rannte einen weiteren Krieger kurzerhand über den Haufen und stieß noch einen weiteren um, der von dem unerwarteten Angriff völlig überrascht wurde. Aus den Augenwinkeln sah er eine Schwertklinge niedersausen und duckte sich darunter hinweg. Er versetzte dem Krieger einen harten Schlag und riß ihm das Schwert aus der Hand.

Sofort fuhr er herum und parierte einen weiteren Hieb. Sein Gegenangriff kam so schnell, daß der Mann keine Chance zum Ausweichen mehr hatte. Das Schwert traf seinen Arm und riß kaum verheilte Wunden wieder auf.

Der Weg war frei, und Torian stürmte durch die entstandene Lücke, bevor sie sich wieder schließen konnte. Erst zu spät erkannte er die Falle, in die er gelockt wurde. Ein vorgestreckter Fuß verhakte sich an seinem Bein. Er stolperte, rang vergeblich um sein Gleichgewicht und stürzte schwer zu Boden. Der Aufprall auf die steinernen Fliesen preßte ihm die Luft aus den Lungen. Bevor er sich wieder aufrappeln konnte, waren die Krieger über ihm. Schläge und Tritte hagelten auf ihn herab. Jemand drehte ihm den Arm mit brutaler Gewalt auf den Rücken und wand ihm das Schwert aus den Fingern. Torian schrie vor Schmerz, bäumte sich verzweifelt auf und versuchte seinen Arm loszureißen.

Ein Tritt traf seine Rippen und trieb ihm auch das letzte bißchen Luft aus den Lungen. Torian schrie erneut auf. Er packte blindlings zu, bekam den Fuß zu fassen und verdrehte ihn samt dem daranhängenden Mann.

Instinktiv riß er die Hände hoch, um sein Gesicht zu schützen, aber er hätte ein Dutzend und mehr Arme gebraucht, um die Schläge abzuwehren. Seine Augen begannen zuzuschwellen, und seine

Lippe war aufgeplatzt. In seinem Mund war der metallischsüße Geschmack von Blut.

Während er nur noch blindlings um sich schlug und trat, gingen die Krieger berechnend vor; kalt wie Maschinen. Jeder Schlag war genau gezielt; keiner war hart genug, ihm das Bewußtsein zu rauben, aber jeder einzelne Treffer war schmerzhaft genug, daß er sich auf dem Boden zusammenkrümmte.

Blutige Schleier tanzten vor seinen verquollenen Augen. Er wehrte sich längst nicht mehr, auch dann nicht, als sie endlich aufhörten, ihn zu schlagen. Seine Beine waren taub und gefühllos, und als sich der Griff der Krieger für einen Augenblick lockerte, wäre er vor Schwäche fast zusammengebrochen. Er wurde vorwärtsgeschleift, bis sich Cuuls Gesicht aus dem roten Nebel vor seinem Blick schälte.

»Ihr Narren«, sagte der Priester verächtlich. »Das hättet ihr euch ersparen können. Aber ihr habt es ja nicht anders gewollt. Schafft sie fort!«

Wieder wurde Torian herumgerissen und grob weggeschleift. Er verlor endgültig das Bewußtsein.

Das Erwachen war eine Qual. Sein Körper schien in ein Netz aus Feuer eingewoben zu sein, und in seinem Kopf hämmerte ein entsetzlicher Schmerz, der ihm die Tränen unter den geschlossenen Lidern hervortrieb. Torian war in Schweiß gebadet.

Mühsam öffnete er die Augen, sah eine graue Steindecke über sich und versuchte sich aufzurichten, aber es ging nicht. Ein Seil war mehrfach um seinen Körper geschlungen und fesselte ihn so fest auf eine harte Unterlage, daß er kaum einen Finger rühren konnte. Mit äußerster Anstrengung gelang es ihm immerhin, den Kopf ein wenig zu drehen, so daß er mehr von seiner Umgebung erkennen konnte.

Er befand sich in einer großen Halle, so groß daß der Lichtschein des Feuers, das in einer mit Öl gefüllten Schale neben ihm brannte, sie nicht annähernd zu erleuchten vermochte. Die Wände verloren sich irgendwo hinter dem erstickenden Mantel aus Finsternis und Schweigen, und auch die Decke war so hoch, daß sie fast unsichtbar blieb. Die Halle mußte wahrhaft gigantisch sein, denn sein leises Stöhnen wurde als vielfach verzerrtes Echo von den Wänden zurückgeworfen, aber trotz ihrer nicht abzuschätzenden Größe fühlte sich Torian von den Wänden erdrückt, als befände er sich in einer engen unterirdischen Gruft, in der man ihn bei lebendigem Leibe begraben hätte.

Kaum einen Meter neben ihm lag Garth. Auch er war auf einen schwarzen, quaderförmigen Felsklotz gefesselt, der Torian unangenehm an einen Opferaltar erinnerte. Das unstet huschende Licht verwandelte sein verquollenes, fiebrig glänzendes Gesicht in eine unförmige, von tanzenden Schatten erfüllte Totenmaske. Der Dieb war nicht bei Bewußtsein, aber die Schmerzen mußten ihn bis in seine Träume verfolgen, denn sein Körper zuckte wie in Krämpfen; von Zeit zu Zeit stieß er ein gedämpftes Stöhnen aus, und seine Lippen formten unhörbare Worte.

Noch während seines Fluchtversuches hatte Torian gesehen, wie ein Schwert Garth längs an der Brust traf und ihn zwar nicht durchbohrte, aber ihm eine stark blutende Fleischwunde zufügte. Trotzdem hatten die Krieger weiter auf ihn eingeschlagen.

Aber man hatte sie während ihrer Bewußtlosigkeit auch versorgt. Ein Verband spannte sich unter den Fesseln um Garth' Brust. Das Blut war aus seinem Gesicht gewischt worden. Als Torian probehalber sein Kinn vorschob, bereitete ihm die Bewegung zwar Schmerzen, aber er spürte nicht das typische Spannen, das eingetrocknetes Blut auf der Haut verursachte.

Irgendwo vor ihm wurde ein schwerer Riegel zurückgezogen, dann schwang ein Portal auf, das dem schweren Ächzen der Scharniere zufolge gewaltig sein mußte. Schritte näherten sich, doch so sehr er sich auch anstrengte, es gelang Torian nicht, den Kopf zu heben und einen Blick auf die Ankömmlinge zu werfen. Er konzentrierte sich ganz auf die Geräusche. Es mußte sich um drei Menschen handeln; zwei, die die schweren Stiefel von Kriegern trugen, und eine weitere Person, deren Schritte fast lautlos waren.

»Es ist gut«, vernahm er eine weibliche Stimme. »Geht jetzt und laßt uns allein.«

Shyleen.

»Wie ihr wünscht, Herrin.« Die beiden Krieger entfernten sich und schlossen das Portal hinter sich wieder. Torian wartete, bis der Riegel einrastete.

»Shyleen«, murmelte er. »Was...«

»Uns bleibt nicht viel Zeit«, unterbrach ihn Shyleen. Sie beugte sich über ihn, so daß er ihr Gesicht sehen konnte. Der Ausdruck von Sorge darauf war nicht gespielt.

»Cuul wollte mich erst überhaupt nicht zu euch lassen, aber ich konnte ihn überzeugen, daß ich die Vorbereitungen für die Opferung nur allein treffen kann. Auch er muß sich der Autorität der obersten Opferpriesterin fügen, obwohl er mir mißtraut.«

»Wenigstens etwas, das ich mit ihm gemein habe«, knurrte Torian. »Offenbar hat der kleine Ausflug deinem Ansehen wenig geschadet.«

»Niemand kann mir etwas antun, denn sie brauchen mich. Ich konnte den Priesterrat überzeugen, daß mein Vater mich zu der Flucht gezwungen hat. Cuul glaubt mir nicht, aber das spielt jetzt keine Rolle. Man hat beschlossen, euch auf dem Altar Ch'tuons zu opfern. Es waren andere Opfer vorgesehen, doch nun hat sich der Rat für euch entschieden.«

»Offenbar hattet ihr genau das ja auch geplant. Hat dein Vater uns deshalb hergeschickt?« fragte Torian böse. Er sah, wie Shyleen zusammenfuhr, aber das steigerte seinen Zorn nur noch. Es tat gut, jemandem weh zu tun. »Was sollte das alles? Ihr wußtet genau, daß wir keine Chance hatten. Wozu diese ganze Komödie?«

»Ich habe keine Zeit, alles zu erklären. Das Ritual soll noch heute stattfinden. Glaub mir, nichts geschah zufällig, und euch wird nichts geschehen, wenn ihr euch ruhig verhaltet. Die Wachen sollten euch entdecken und fangen, das ist richtig, aber uns blieb keine andere Wahl. Alles hatte seinen Sinn.«

»Natürlich, und was wir davon halten, interessiert ja keinen.« Torian schnaubte wütend. Der Ausdruck von Trauer in Shyleens Augen wurde tiefer, und Torian glaubte zu spüren, daß er ihr unrecht tat. Aber das war ihm im Moment herzlich egal. Wütend bäumte er sich auf und zerrte an seinen Fesseln. »Es reicht ja schließlich auch, wenn wir sterben.«

»Bitte, Torian, du mußt mir vertrauen.« Ein gequälter Ausdruck erschien auf ihrem Gesicht. Sie streckte die Hand aus und berührte ihn flüchtig an der Wange, aber sie wurde blaß und zog die Hand überhastet wieder zurück, als ihre Blicke sich kreuzten. Für einen Moment blitzte wieder der alte Hochmut in ihrem Blick auf, verschwand aber ebenso schnell, wie er gekommen war. »Vertrau mir«, sagte sie noch einmal und fast flehend.

»Dir vertrauen?« Torian lachte schrill, aber es klang eher wie ein verzweifelter Schrei. Er war hilflos und ihr auf Gedeih und Verderb ausgeliefert – und sie bat ihn, ihr zu *vertrauen!* Er fühlte sich betrogen, schlimmer noch, als Figur in einem Spiel mißbraucht, dessen Sinn und Regeln er nicht zu durchschauen vermochte. Man hatte ihn belogen, von Anfang an, und wenn er geglaubt hatte, frei denken und entscheiden zu können, so war auch das nicht mehr als eine Täuschung gewesen. Jeder seiner Gedanken, jeder Schritt, den er gemacht hatte, war ebenso geplant gewesen, wie die Gedanken und Handlungen Garth', nur daß der Dieb dazu gezwungen worden war, während Torian sich selbst eingebildet hatte, aus freiem Willen zu handeln.

»Dir vertrauen«, sagte er noch einmal, und er legte jedes bißchen Verachtung in diese beiden Worte, das er aufbringen konnte.

Er sah, daß die Worte sie wie Peitschenhiebe trafen, aber zum Teufel, er *wollte* ihr weh tun. »Noch ein paar Lügen, ja?« höhnte er. »Wem haben wir denn alles zu verdanken? Du hast uns doch von Anfang an nur benutzt. Was willst du noch von uns? Töte uns doch endlich. Warum all diese Umstände? Es wäre einfacher gewesen, wenn du uns schon bei unserer ersten Begegnung umgebracht hättest.«

»Du Narr!« zischte sie und erbleichte noch mehr. »Ich kann die Sache auch ohne deine Hilfe zu einem Ende bringen. Am liebsten würde ich...«

Sie verstummte, als das Portal erneut geöffnet wurde und Cuul die Halle betrat. Mit raschen Schritten durchquerte er den gewaltigen Raum. »Bist du endlich soweit, Priesterin?«

»Kein Wort zu ihm«, flüsterte Shyleen. Laut wandte sie sich an den Oberpriester: »Ich konnte ihnen den Trank des Vergessens bislang nicht geben. Der andere ist immer noch bewußtlos.«

»Das läßt sich ändern.« Cuul trat in Torians Blickfeld, blieb vor dem Dieb stehen und schlug ihm ein paarmal mit der flachen Hand ins Gesicht. Garth stöhnte auf und ließ den Kopf zur andern Seite sinken, wachte aber nicht auf.

»Deine Leute haben offenbar etwas zu gründlich gearbeitet«, sagte Shyleen. »Sie verstehen sich anscheinend besser auf das Umbringen als auf das Gefangennehmen.«

»Hüte deine Zunge, Hexe«, sagte Cuul drohend. »Sobald du deine Aufgabe erfüllt hast, bist auch du nicht mehr unersetzlich. Im Gegenteil, du wirst höchst überflüssig.«

Shyleen lächelte kalt. »Willst du mir drohen, Cuul?« fragte sie. »Noch bin ich Opferpriesterin, und selbst du hast dich meinen Anordnungen zu beugen.«

»Noch, du sagst es«, erwiderte er mit einem übertrieben freundlichen Lächeln. »Ich drohe nicht, sondern zähle Tatsachen auf. Für Verräter gibt es keinen Platz bei uns.«

Noch einmal schlug er Garth. Diesmal gelang es ihm, den Dieb aus der Ohnmacht zu reißen, wenngleich Garth' Blick leer blieb und er von seiner Umgebung nichts wahrzunehmen schien.

»Na also«, sagte Cuul zufrieden. »Und jetzt gib ihnen den Trank.«

Shyleen warf ihm einen haßerfüllten Blick zu und hob eine kleine Tonschale vom Boden auf, die sie Garth an die Lippen setzte.

»Nicht trinken!« brüllte Torian verzweifelt. »Tu es nicht, Garth!«

Aber Garth schluckte instinktiv, als etwas von der Flüssigkeit in der Schale über seine Lippen gelangte.

Eine Sekunde später riß er die Augen ganz auf und begann zu schreien. Ein Ruck ging durch seinen Körper. Er bäumte sich auf, soweit es die Fesseln zuließen, erschlaffte noch in der Bewegung wieder und sank bewußtlos zurück.

»Und nun zu dir«, sagte Cuul und trat neben Torian. »Trinkst du freiwillig, oder willst du deine kleine Rebellion noch weiter fortsetzen?«

»Was ist das für ein Teufelszeug?« keuchte Torian.

»Kein Teufelszeug.« Cuul schüttelte mit gespieltem Bedauern den Kopf. »Nur eine Beruhigungsdroge, die euch den Göttern weiht.«

»Trink doch selbst«, entgegnete Torian trotzig. »Du scheinst das Zeug viel...«

Weiter kam er nicht. Blitzschnell packte Cuul seinen Kopf und riß ihm den Mund auf.

Vielleicht hätte er es besser nicht getan, denn Torian reagierte etwas anders, als er erwartet hatte.

Er biß zu.

Der Priester stieß einen wütenden Schrei aus, als sich die Zähne in seine Finger gruben, ließ aber nicht los. Und er war stärker. Langsam preßte er Torians Kiefer auseinander. Shyleen setzte Torian die Schale an die Lippen und kippte ihm die restliche Flüssigkeit in den Mund.

Er mußte schlucken, als die Flüssigkeit seinen Gaumen erreichte. Wie Feuer rann sie durch seine Kehle und explodierte in seinem Magen. Er würgte und hustete, versuchte sich zu erbrechen, aber es half nichts. Blitzschnell breitete sich die Droge in seinem Körper aus, erfüllte ihn mit wohltuender Schläfrigkeit und lähmte nach wenigen Sekunden auch sein Denken. Torian verlor nicht das Bewußtsein, aber er glitt in eine Art Trance, in der alles um ihn herum zur Bedeutungslosigkeit verblaßte. Er fühlte sich von allem losgelöst, sein Geist schwebte in einem Meer aus Farben, und ein tiefes Glücksgefühl übermannte ihn. Es gab keine Probleme und keinen Schmerz mehr, alles war gleichgültig. Er wußte, daß es nur eine von der Droge hervorgerufene Illusion war, und genauso wußte er auch, daß er sterben würde, aber der Gedanke daran löste keine Furcht mehr in ihm aus.

Die Zeit verlor sich zu einem abstrakten Begriff ohne jegliche Bedeutung, und deshalb wußte er nicht, ob Stunden oder nur Minuten vergangen waren, bis er wieder Schritte vernahm; die Schritte vieler Menschen, die in die Halle strömten und auf knarrenden Holzbänken Platz nahmen. Es mußten Dutzende, wenn nicht gar Hunderte sein. Gedämpftes Stimmengemurmel erfüllte die Luft. Fackeln und weitere Ölfeuer wurden entzündet und tauchten den Raum in trübe Helligkeit.

Wieder schienen Ewigkeiten zu vergehen, bis Cuul zusammen mit Shyleen vor die Altäre trat und zu sprechen begann. Augenblicklich kehrte Ruhe ein, aber dennoch gelang es Torian nicht, die Worte des Priesters zu verstehen. Sein Blick glitt zu Garth hinüber. Die Bewegung fiel ihm schwer, unglaublich schwer, als hätte jemand die Verbindung zwischen seinem Gehirn und dem Körper getrennt.

Der Dieb war nicht mehr ohnmächtig, sondern befand sich irgendwo in einem Zustand zwischen Wachen und Schlafen. Seine Augen waren halb geöffnet, auf seinem Gesicht lag ein ruhiger, verklärter Ausdruck. Die Droge hatte auch ihn von seinen Schmerzen befreit. Gleichgültig wandte Torian den Kopf wieder ab.

Jemand entzündete Kräuter, deren aromatischer Duft ihm in die Nase stieg und sein Wohlbefinden noch vertiefte. Rauch stieg auf und hüllte ihn ein. Seine Phantasie veränderte die Schwaden, formte sie zu Gesichtern und Gestalten, die sich ihm näherten. Shyleen murmelte etwas in einer fremden Sprache. Die Worte wurden lauter und melodischer, schienen ineinanderzufließen und steigerten sich zu einem rhythmischen Gesang.

Irgend etwas geschah…

Die Worte der Priesterin berührten etwas, tief in Torians Seele. Die Berührung war nur tastend und geradezu spielerisch, aber sie war entsetzlich genug, den Schleier von Mattigkeit und trügerischem Frieden um ihn zu zerreißen. Er wollte vor Entsetzen schreien, doch seine Kehle war wie zugeschnürt. Sein Körper gehorchte ihm nicht mehr.

Die tastenden Fühler zogen sich aus seinem Geist zurück, doch es war nicht mehr als ein kurzes Atemholen. Kaum einen Herzschlag später fielen sie erneut über ihn her, diesmal noch gieriger als zuvor. Etwas Unsichtbares, Körperloses berührte seine Seele und veränderte *etwas* in ihm. Torian wurde von grenzenlosem Abscheu erfüllt. Die fremde Macht ergriff Besitz von ihm, tastete immer tiefer in verborgene Bereiche seines Bewußtseins und förderte Dinge zutage, die ihm selbst fremd waren.

Er fühlte sich besudelt, und für Sekunden verspürte er nur noch den Wunsch zu sterben. Aber er starb nicht, er verlor nicht einmal das Bewußtsein, sondern war dazu verdammt, alles mitzuerleben.

Diesmal dauerte es länger, bis der fremde Einfluß schwand. Immer noch war Torian vor Grauen wie gelähmt. Shyleens dumpfer Gesang drang wie aus weiter Ferne an sein Ohr. Als wäre etwas von der wabernden Schwärze immer noch in ihm, nahm er seine Umgebung nur noch verändert wahr. Alles war anders geworden, alle Laute klangen schrill und fremd, die Konturen, die er sah, schienen auf sinnverwirrende Art in sich gekrümmt und verdreht, und selbst das Licht schien drohender, irgendwie härter geworden zu sein. Ein kalter, bläulicher Schein, der sich noch durch seine Lider fraß und ein Abbild der Opferhalle auf seine Netzhäute projizierte, als er die Augen gequält zusammenkniff. Auch jetzt sah Torian noch die

Konturen Shyleens und Cuuls und die Schatten, die die Flammen über die Wände und die Decke tanzen ließen. Schatten, die sich immer dichter zusammenballten und näher krochen, die von huschender Bewegung erfüllt waren und mit gierigen, tentakelartigen Armen nach ihm peitschten.

Eine mühsam verdrängte Erinnerung glomm in Torian auf. Es... war nicht das erste Mal, daß er dies erlebte. Er kannte diese Fremdartigkeit, die dräuenden Schatten, die die Finsternis erfüllten. Es war...

Das *Baarl!*

Es war zurückgekehrt, hatte seine Fährte wieder aufgenommen und ihn hier gefunden!

Im selben Moment brach die Dunkelheit wie eine schwarze Flutwelle über ihn herein. Diesmal war es kein vorsichtiges Tasten wie zuvor, sondern ein einziger gewaltiger Hieb, der sein Bewußtsein traf und es mit sich fortriß.

Das also ist der Tod! dachte Torian. Sonderbar – er hatte gar keine Angst; alles, was er spürte, war eine Art beinahe wissenschaftlicher Neugier. Er hatte das Gefühl, durch ein gewaltiges saugendes Nichts zu wirbeln, eine Leere, in der er sich verlieren mußte wie ein Tropfen Wasser in der Wüste, und in der nichts als das große Vergessen existierte.

Aber es war nicht der Tod. Irgendwann endete sein Sturz; so jäh, wie er begonnen hatte. Das schreckliche Empfinden des Fallens war fort, aber absurderweise hatte er auch nicht das Gefühl zu ruhen – es war ein sonderbarer Trancezustand, ein Schweben zwischen hier und nirgendwo, zwischen Wachen und Schlaf, vielleicht wirklich Leben und Tod.

Aber diesmal – doch – gewann das Leben den Kampf. Kühle, wohltuende Dunkelheit hüllte ihn ein, an der nichts Erschreckendes mehr war; eine Dunkelheit sonderbar beschützender, freundlicher Art. Er fühlte nichts; nicht einmal seinen Körper. Und doch...

Er war nicht allein. Etwas war da, etwas Monströses, unsichtbar Lauerndes. Die Dunkelheit war mehr als nur das Fehlen von Licht und Farbe und allen anderen Empfindungen. Die Finsternis *lebte*, nicht in dem Sinne, in dem er das Wort bisher benutzt hatte, sondern auf eine andere, völlig fremde Art, die nichts mit Leben im menschlichen Sinne gemein hatte; vielleicht sein natürlicher Feind war.

Was immer es war – es kam näher. Unsichtbare Finger aus Schatten und Nichts griffen nach seinem Geist, tasteten, sondierten, zogen sich für einen Moment wieder zurück und packten dann noch einmal zu, jetzt mit schmerzhafter Kraft. Ganz instinktiv setzte Torian sich zur Wehr, aber wie schon einmal zuvor brach es seinen Widerstand mit einem einzigen peitschenden Hieb. Fast spielerisch drang der fremde Geist weiter vor, erforschte die tiefsten und geheimsten Abgründe seiner Seele und hinterließ nichts als Dunkelheit und eine schreckliche saugende Leere. Dies war die Welt des *Baarl*, aber etwas war nicht so, wie es sein mußte. Er wußte nicht, wie er die Kraft aufbrachte, auf welchem Wege es geschah – er hatte keine Sinnesorgane mehr, weil er auch keinen Körper hatte, in diesem entsetzlichen Zwischenraum – aber es ging.

Er hatte sich getäuscht. Dies *war* die Welt des *Baarl*, aber nicht die Kreatur aus Rador war über ihn hergefallen und hatte ihn verschlungen.

Es war der Berg.

Torian erkannte, daß er recht gehabt hatte mit allen Ängsten, seinen wahnwitzigen Vermutungen, die er über den Tempel angestellt hatte. Er erkannte es im selben Moment, in dem er eins wurde mit der Schwärze, mit dem unbegreiflichen Wesen verschmolz, das irgendwann diese Form angenommen hatte und zu Stein erstarrt war, um die Zeiten zu überdauern. Er spürte den abgrundtiefen, grenzenlosen Haß, den es allem Lebendigen gegenüber empfand, die tödliche Verachtung, die es selbst den Priestern und Kriegern entgegenbrachte, Wesen, die wie Maden in seinem Leib umherkrabbelten und an ihrer eigenen Vernichtung wirkten, ohne es auch nur zu ahnen. Er erkannte die Wahrheit. Cuuls Lohn und der seiner Helfer war der Tod, denn dieses *Ding* – er weigerte sich selbst in Gedanken, es mit irgendeinem Namen zu belegen, denn dadurch hätte er ihm mehr Menschlichkeit zugebilligt, es zu einem Teil seiner Welt gemacht – kannte kein Erbarmen; keine Gefühle außer Haß und Zorn, ein Zorn, der Millionen und Abermillionen Jahre alt war.

Torian erkannte all dies mit entsetzlicher Klarheit, denn er war ein Teil des *Dinges* geworden, wenn auch nur für einen Bruchteil einer Sekunde. Er spürte, wie das Leben in ihn zurückströmte, wie sich der uralte Stein wieder in zuckendes, pulsierendes Fleisch verwandelte. Eine brodelnde Masse aus den Abgründen hinter der Zeit, geweckt durch die Beschwörung Shyleens und Cuuls Tun, und gestärkt durch sein eigenes Leben, das mit jeder Sekunde schneller aus ihm herausströmte und die Schwärze nährte wie Blut einen Vampir.

Aber da war noch etwas anderes; ebenso schrecklich wie der monströse Dämonenleib, und es war ihm gefolgt, ihm auf seinen plumpen, unförmigen Elefantenfüßen nachgekrochen, getrieben von seiner unersättlichen Gier nach Blut und Leben, weil es nichts anderes kannte als die Erfüllung seines Auftrages, nur lebte, um zu töten. Nur dazu erschaffen worden war. Ein Geschöpf ohne jeden Verstand, nur zum Morden geschaffen, das nicht begriff, in welches Verderben es kroch, und welches Verderben es selbst mit sich schleppte.

Das *Baarl!*

Und jetzt endlich begriff Torian den Plan Shyleens!

Die Nacht zerriß, als die beiden dämonischen Ungeheuer aufeinanderprallten, mit einem Brüllen, das die Welt in ihren Grundfesten zu erschüttern schien.

Die beiden dämonischen Kreaturen entstammten der gleichen uralten Magie und stießen aufeinander wie zwei gleiche Pole eines Magneten. So wie Feuer Feuer löschen konnte, indem sich die Flammen gegenseitig verzehrten, vernichteten sich die beiden uralten Kreaturen gegenseitig im Bruchteil einer Sekunde. Ein gleißendes Licht flammte in der Schwärze auf, so grell und verzehrend wie im Herzen einer Sonne. Es verbrannte das *Baarl* im Bruchteil einer Sekunde, aber der einmal begonnene Prozeß ließ sich nicht mehr stoppen. Das Licht breitete sich weiter aus, brannte und fraß sich immer tiefer in das schwarze Wallen des dämonischen Gottes hinein.

Und das Licht zerriß auch die Schwärze, die ihn eingehüllt hatte. Plötzlich konnte er wieder sehen, sehen, hören und fühlen, wenn auch auf gänzlich andere Art als gewohnt. Für die Dauer eines Herzschlages sah er die Opferhalle unter sich, seinen *eigenen reglosen Körper auf dem Altar*, hatte wieder das Gefühl zu fallen, so schnell, als würde er in die Tiefe gerissen, dann war es vorbei. Er sah wieder mit seinen eigenen Augen, spürte die Kälte des Steins und die Fesseln, die in seine Haut schnitten.

Shyleen hatte sich über ihn gebeugt und zerschnitt die Schnüre mit einem Messer. Das Blut schoß kribbelnd in seine Hände und Füße. Torian stützte sich auf und verlor den Halt, als seine Arme unter dem Gewicht seines Körpers einknickten. Hilflos stürzte er vom Altar hinunter und blieb stöhnend liegen. Eine unsichtbare Ameisenarmee schien unter seiner Haut entlangzumarschieren, als das Leben in seine tauben Glieder zurückkehrte.

In der Halle tobte das Chaos.

Erdstöße erschütterten in rascher Folge den Boden, leichte Beben nur, wie das Zucken von Fleisch, das der Stein in Wirklichkeit war und in das er sich zurückverwandelte, aber sehr schnell und fast konvulsivisch, als litte der Berg entsetzliche Schmerzen. Doch die Beben nahmen rasch an Kraft zu. Die Priester – Torian sah jetzt, daß es mehrere hundert sein mußten – waren schreiend aufgesprungen und drängten auf das Portal zu. In ihrer Panik behinderten sie sich gegenseitig. Einige wenige Krieger, die noch nicht geflohen waren, versuchten wenigstens, etwas Ordnung in das Chaos zu bringen. Sie wurden einfach niedergerannt.

»Garth«, stöhnte Torian. Mühsam zog er sich an der Kante des schwarzen Altarsteines in die Höhe und wankte auf den Dieb zu, der noch immer in Trance auf dem zweiten Altar lag.

Sein Atem ging in schnellen, keuchenden Stößen; namenloser Schrecken verzerrte sein Gesicht. Die Augen lagen wie tote Glasmurmeln in den Höhlen. Er war nicht bei sich, aber er war auch nicht bewußtlos, sondern schien wie Torian zuvor in einem entsetzlichen Reich zwischen den Wirklichkeiten gefangen. Und der Ausdruck in seinen Augen sagte ihm, daß er das gleiche durchmachte. Vielleicht Schlimmeres.

»Komm!« schrie Shyleen. In ihrer Stimme schwang nackte Panik. »Es ist zu spät! Du kannst ihm nicht mehr helfen.«

Torian riß ihr das Messer aus der Hand und versetzte ihr einen groben Stoß, als sie ihn wegzuzerren versuchte. Wie besessen säbelte er an Garth' Fesseln herum. Die Schnüre waren dünn, aber außerordentlich zäh; ein paarmal glitt sein Messer ab und fügte Garth tiefe, blutende Schnitte zu. Aber der Dieb reagierte nicht einmal auf den Schmerz.

Endlich hatte er es geschafft und wuchtete sich den leblosen Körper auf die Schultern. Garth war fast doppelt so schwer wie er, aber die Angst verlieh Torian zusätzliche Kräfte.

Wieder erschütterte ein Erdstoß die Halle. Einer der mächtigen Pfeiler, die das Kuppeldach stützten, zersplitterte wie Glas. Gesteinsbrocken lösten sich von der Decke und begruben mehr als ein Dutzend Menschen unter sich. Kaum hatten sie den Boden erreicht, zerflossen die Trümmer wie zäher Sirup und krochen auf die Überlebenden zu. Torian sah rasch weg. Er *wollte* gar nicht wissen, was hier geschah.

Das Portal war gewaltig, breit genug, daß zehn Männer nebeneinander hindurchschreiten konnten, aber die Panik löschte jedes klare Denken aus. Jeder versuchte gleichzeitig der Hölle zu entkommen, und nur die wenigen Priester, die in den hinteren Reihen gesessen hatten, schafften es tatsächlich. Die Flügel des Portals waren nach innen geöffnet, und unter dem Druck der Menge schwangen sie jetzt langsam wieder zu; zerquetschten Körper und rasteten schließlich ein. Immer noch drängten die Menschen von hinten nach und verhinderten, daß das Portal wieder geöffnet werden konnte.

Ein neuer Erdstoß traf die Halle, und diesmal war er so hart wie der Hieb eines Schmiedehammers. Risse durchzogen den Boden, rasten wie schwarze eckige Schlangen auf die Menschen zu und ließen sie in klaffende Krater stürzen, bevor die Erde sich wieder schloß. Die Erschütterungen schnitten wie gezackte Blitze in die Wände und ließen sie zerbersten. Wie eine gigantische Hand neigte sich eine Mauer auf die Priester hinunter, verwandelte sich in protoplasmisches Fleisch und krümmte sich zu einer Faust, die die Menschen mit einem Mantel aus Schwärze und ewigem Schweigen umschloß. Einige taumelten noch wie unförmige gräßliche Ungeheuer ein paar Schritte weit, bevor sie zusammenbrachen und in der schwarzen Masse versanken. Kaum zwei Meter vor Torian und Shyleen zerbarst ein Felsbrocken mit peitschendem Knall auf dem Boden und verwandelte sich in schwarzen Schlamm, der ihm schlangengleich entgegenzüngelte, schwarzes, zerfallendes Fleisch, das noch im Todeskampf alles vernichtete, dessen es habhaft werden konnte. Der Tempel starb. Aber er starb nicht allein.

»Weg hier!« kreischte Shyleen. Sie packte ihn am Arm. Diesmal sträubte Torian sich nicht mehr. Er wankte hinter ihr her auf einen Vorhang hinter den Altären zu, unter Garth' Zentnerlast fast zusammenbrechend und keuchend vor Anstrengung. Shyleen schlug den Stoff zur Seite. Eine schmaler Durchgang wurde dahinter sichtbar. Torian wankte hinter der Priesterin her und erreichte einen Korridor, während hinter ihm das Sterben seinen Fortgang nahm. Garth' Körper schien mit jeder Sekunde schwerer zu werden. Torian wußte selbst nicht mehr, wie er es schaffte, immer noch einen Fuß vor den anderen zu setzen und weiterzugehen.

Immer wieder erbebte die Erde, ein letztes Aufbäumen des sterbenden Giganten, der nach Äonen geduldigen Wartens nun den Tod kennenlernte. Die Wände pulsierten, und Torian brauchte sie nicht zu berühren, um zu wissen, daß sie sich gleich dem Boden nachgiebig und zäh wie klebriger Morast anfühlen würden. An einigen Stellen waren sie durchscheinend wie dünne Hautlappen geworden, an anderen begannen sie zu glühen unter der Macht des feurigen Lichtes, das den Körper des Dämonen von innen heraus verzehrte. Flammen leckten wie gierige Zungen aus dem Gestein.

Menschen hasteten schreiend über den Gang; viele von ihnen waren Frauen in seltsamen Gewändern, doch es befanden sich auch Priester, Krieger und andere Männer unter ihnen. Erst jetzt begann Torian zu ahnen, wie groß der Tempel wirklich war. Es war nicht einfach nur ein Tempel, sondern eine Stadt, Heimstatt für viele hundert, wenn nicht gar Tausende Menschen, die abgeschlossen von der Außenwelt in seinen Mauern lebten.

Und sie alle traf die Katastrophe aus heiterem Himmel. Sie hatten den Versprechen der Schwarzen Magier geglaubt und begriffen erst jetzt, wie grausam man sie getäuscht hatte.

Immerhin gab ihnen diese Panik eine Chance – niemand nahm Notiz von Torian, die Menschen dachten nur noch an Flucht, um wenigstens ihr Leben retten zu können.

Shyleen war ein Stück vorausgeeilt, und er befürchtete schon, sie würde ihn im Stich lassen. Er hatte seine Aufgabe erfüllt und war wertlos für sie geworden, nicht mehr als ein hinderliches Anhängsel, da er sich durch seinen Versuch, auch Garth zu retten, viel langsamer als sie bewegte. Er wunderte sich selbst, als er sah, wie sie stehenblieb und auf ihn wartete.

Einen knappen Schritt hinter ihm zerbarst die Wand mit einem gewaltigen Schlag. Eine weißglühende Lohe schoß brüllend aus der gezackten Wunde, in die sich der scheinbar so massive Fels verwandelte, traf seinen Rücken wie ein Faustschlag und schleuderte ihn nach vorne. Torian brach zusammen, wurde halb unter Garth' Gewicht begraben und kroch verzweifelt weiter, um der sengenden Glut zu entgehen, die seine Kleidung schwelen ließ. Seine Hände versanken bis zu den Gelenken in der teerigen

Masse, doch er war schon zu erschöpft, um noch Ekel zu empfinden.

Er versuchte, sich wieder auf die Beine zu stemmen, aber seine Glieder versagten ihm den Dienst. Er war am Ende seiner Kräfte.

Mühsam wälzte er den reglosen Körper des Diebes von sich. Er wußte nicht einmal, ob Garth überhaupt noch lebte. Er hatte für Garth getan, was er konnte, nun konnte er nur noch versuchen, sein eigenes Leben zu retten.

Plötzlich war Shyleen neben ihm. Sie schrie etwas, doch das ungeheure Brüllen und Fauchen der Flammen machte jede Verständigung unmöglich. Sie ergriff seine Hand und riß ihn mit einem Ruck auf die Beine.

Ein Krieger rannte vorbei. Shyleen bekam seinen Arm zu packen. Der Mann wollte sich losreißen, doch sie hielt ihn fest und zwang ihn, sie anzusehen. Ihr Blick bohrte sich in den des Mannes. Und irgend etwas darin erlosch.

Wortlos hob er Garth auf und lud ihn sich auf die Schultern. Er schien sein Gewicht nicht einmal zu spüren.

Sie eilten weiter. Garth' Gewicht schien dem Krieger nichts auszumachen, scheinbar mühelos hielt er mit ihrem Tempo Schritt. Aber Torian wußte, daß es allein an Shyleens Bann lag, der alle Kräfte im Unterbewußtsein des Mannes mobilisierte; Kräfte, auf die ein Mensch kurzfristig zurückgreifen konnte, für die er aber einen hohen Preis zahlen mußte. Der Krieger würde sterben.

Der Gedanke berührte ihn kaum. Er hatte zu viele Menschen in den letzten Minuten sterben sehen.

»Hier lang!« befahl Shyleen und deutete auf eine Abzweigung. Sie drangen in einen Gang ein, der so schmal war, daß sie nur hintereinander laufen konnten. Torian taumelte immer weiter durch den zuckenden Berg, blind vor Furcht und Angst und Erschöpfung. Manchmal bäumte sich der Boden auf wie ein Boot auf stürmischer See, so daß sie nur noch auf Händen und Füßen weiterkriechen konnten. Überall um sie herum tobten Flammen. Mannshohe zerborstene Trümmerstücke und glühende Feuerbarrieren versperrten ihnen immer wieder den Weg und zwangen sie mehr als einmal, umzukehren und einen neuen Weg zu suchen. Die Hitze stieg ins Unerträgliche.

Längst schon bewegten sie sich nicht mehr durch Gänge und Gebäude aus Fels. Um sie herum war nur noch das brennende Fleisch der gigantischen Kreatur. Torian begriff nicht, wieso sie selbst noch lebten. Shyleen mußte sie auf irgendeine Art schützen, mit der Kraft einer Magie, an die er sich immer noch zu glauben weigerte.

Irgendwann gelangten sie ins Freie, aber die Hitze holte sie selbst hier draußen noch ein. Sie schleppten sich über einen felsigen Pfad in das Tal hinunter, bis Torian schließlich nicht mehr konnte und sich im Schutz eines großen Felsens zu Boden sinken ließ. Sein letzter Blick galt der monströsen Kreatur des Tempels.

Der Berg stand in Flammen, ein unförmiger, unvorstellbar großer Leichnam, der sich noch ein letztes Mal mit einem urwelthaften Brüllen aufbäumte und dann zusammenbrach; alles, was sich noch in seinem Inneren befand, unter sich begrabend. Selbst der Himmel über dem Gebirge schien Feuer gefangen zu haben; färbte sich rot im Widerschein des gewaltigen Brandherdes, und die wenigen Wolken sahen aus wie blutgetränkte Wattebäusche.

Der Berg brannte immer noch, als die Sonne aufging, und Torian wußte auch, daß er noch lange brennen würde. Es war kein normales Feuer, so wenig, wie irgend etwas in diesem Tal *normal* war. Die Flammen würden nicht eher verlöschen, bis sie den Körper des Dämons vollkommen aufgezehrt hatten.

Neben ihm lagen Shyleen, zusammengekauert wie ein kleines Kind, und einige Schritte entfernt Garth und der Mann, der ihn getragen hatte. Der Krieger war tot.

Torian kroch zu dem Dieb hinüber und berührte seine Hand. Garth' Haut fühlte sich trocken an, so heiß und rissig wie schwelendes Pergament. Zeichen des Fiebers, das auch in seinem Körper wühlte.

Das Fieber würde er überstehen. Seine Verletzungen waren nicht sehr ernst, und Garth war stark. Nein, das war es nicht, was Torian erschreckte. Die schlimmste, tiefste Wunde war unsichtbar.

Es war Stunden her, seit sie den brennenden Tempel verlassen hatten. Aber in seinen Augen war noch immer kein Funken von Leben zu erkennen. Auf seinem Gesicht lag der dümmliche Ausdruck eines Idioten.

»Er ist tot«, sagte eine leise Stimme. Torian hatte die Priesterin nicht einmal kommen gehört. Er hatte nicht einmal bemerkt daß sie aus ihrer Starre erwacht war. Es interessierte ihn auch nicht. Er sah nicht auf.

»Sein Körper lebt, aber es ist nicht mehr als eine leere Hülle. Sein Geist ist ausgebrannt, Torian. Vernichtet. Er hatte nicht deine Widerstandskraft, die Verschmelzung mit dem Dämon zu überstehen.« Sie sprach kalt, ohne jedes echte Gefühl in der Stimme.

Torian schüttelte den Kopf.

»Das ist nicht wahr«, flüsterte er.

Es durfte nicht wahr sein. Es war nicht richtig, daß er lebte, während Garth tot sein sollte. *Tot!* Das Wort hallte in seinem Geist wider, ohne daß er seinen Sinn wirklich begreifen konnte. Er weigerte sich einfach.

»Du mußte ihm helfen«, sagte er leise. Er sah Shyleen jetzt doch an, und sein Blick war fast flehend. »Wozu bist du die Tochter eines Magiers?«

Shyleen schüttelte den Kopf. »Ich kann es nicht«, erklärte sie. »Dazu wäre eine Magie nötig, die viel stärker als meine ist. Ein Schwarzer könnte es vielleicht, aber nicht einmal das…«

»Dann suchen wir einen!« sagte Torian. »Garth ist mein Freund, verstehst du, mein Freund.« Er schüttelte den Kopf, suchte nach Worten, die den entsetzlich kalten Schmerz in seinem Inneren wirklich auszudrücken vermochten, und fand keine.

»Nein, natürlich verstehst du das nicht«, sagte er schließlich. Seine Stimme wurde bitter. »Du weiß ja nicht einmal, was Freundschaft ist. Aber wenn es einen Weg zu seiner Rettung gibt, dann werde ich ihn finden, und wenn ich dazu bis in die entferntesten Winkel von Caracon kriechen müßte.«

Shyleen gab keine Antwort, sondern sah ihn nur einige Sekunden lang stumm und beinahe mitleidig an, dann wandte sie sich abrupt um.

»Warte hier«, sagte sie, als sie einige Schritte weit gegangen war. »Ich habe schon gestern Pferde und Proviant für uns versteckt.«

Torian starrte ihr nach, als sie in das Tal hinabschritt, und versuchte Klarheit über seine Gefühle ihr gegenüber zu gewinnen. Sie hatte ihn mißbraucht und trug die Schuld an Garth' Schicksal. Er müßte sie abgrundtief hassen, aber es gelang ihm nicht; nicht wirklich. Er konnte sie nicht einmal verachten. Letztlich war sie selbst nur Opfer in einem anderen, viel gewaltigeren Spiel, auch wenn sie das noch nicht erkannt hatte und niemals zugeben würde.

Er stemmte sich hoch. Trotz der Hitze, mit der das Höllenfeuer den Talkessel noch immer erfüllte, wurde ihm plötzlich kalt.

Sehr kalt.